The Chronicles of
NARNIA

纳尼亚传奇

C. S. Lewis

第六部

Clive Staples Lewis

银 椅

The Silver Chair

〔英〕C·S·刘易斯 著 冯瑞贞 译

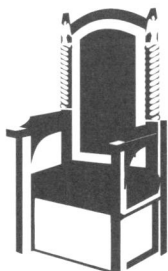

上海译文出版社

献给尼古拉斯·哈迪

目 录

第一章

体育馆背后

这是一个阴暗的秋日。吉尔·波尔正在体育馆背后哭泣。

她之所以哭泣，是因为他们一直在欺负她。下面要讲的故事与校园生活毫不相干，所以我会尽量少提吉尔的学校，避开这个不愉快的话题。这是一所"男女共收"的学校，过去一直被称作"混合学校"。有人认为，这所学校的"混"，远远没有其管理者的头脑那么"混"。这些管理者们认为，无论男生女生，都应该随心所欲、为所欲为。不幸的是，有那么十到十五个高年级的男生女生偏偏喜欢随心所欲地欺负其他同学。于是，学校经常发生各种各样恐怖的事情，这些事情在普通学校很快就会被查出，半学期就会得到及时制止。可是，在这所学校里，情况完全不同。即使这些事情已经被查出，肇事者也不会被赶出校门，更不会受到任何惩罚。校长说这些都是令人关注的心理学案例，他会派人把那些肇事者请来，与他们长谈几个小时。如果这个肇事者投其所好，说些巴结校长的话，其结果就是：他立刻就变成了校长的宠儿。

这就是吉尔·波尔在阴暗的秋日里哭泣的原因。她站在体育馆背后和灌木丛之间一条潮湿的小路上，还没有哭完，只见一个男孩吹着口哨，双手插在衣兜里，沿着体育馆的拐角走了过来。男孩差点撞上吉尔。

"你走路能不能看着点儿?"吉尔·波尔说道。

"好的，好的，"男孩回答说，"你不用这么大惊小怪……"这时候他才看清楚她的脸。"我说，波尔，"他说道，"你怎么啦?"

吉尔只好挤眉弄眼地做了几个鬼脸；当你想说话，可是你发现你一说话就忍不住要哭泣的时候，你就会做这样的鬼脸。

"我猜，肯定又是他们，"那男孩神色肃穆地一边说，一边双手往衣兜里使劲伸了伸。

吉尔点点头。就算她能够讲清楚，也没有必要再说什么了。他们两个都心知肚明。

"好啦，你瞧，"男孩说道，"你这样做对我们两个一点好处也没有……"

虽然出自一片好意，可是他讲起话来长篇大论，像要作报告似的。吉尔突然发起火来，如果你在哭泣的时候被人打断，你也可能会这么做。

"行啦，离我远点，别多管闲事，"她说道。"没人请你来插一杠子，对不对？你倒是个好人，居然开始教训我们大家该干什么不该干什么，对不对？你是不是觉得我们应该用所有时间来讨好他们。像你一样奉承他们，拍他们的马屁。"

"哎呀，我的天呐！"男孩一边说着，一边坐到灌木丛边的草坡上，不过他又立刻起身站了起来，因为草坡湿漉漉的。不巧的是，这家伙的名字就叫做尤斯塔斯·斯克罗布①，不过他不是个坏孩子。

"波尔！"男孩说，"你这样说话公平吗？我这学期干没干过那种事情？为了那只兔子，我有没有勇敢地和卡特对着干？我有没有忍受痛苦的折磨，保守着思皮文思的秘密？我有没有……"

"我不——知道，我也不在乎，"吉尔抽泣着说道。

斯克罗布见她有点不对劲，连忙识趣地递给她一块薄荷糖，他自己也吃了一块。没过多久，吉尔就恢复了神志。

"对不起，斯克罗布，"她马上向他道歉说。"我刚才有点蛮不讲理。这学期你已经做得够好了。"

"那么，如果你做得到，就请你忘掉我上学期的所作所为吧，"尤斯塔斯说道。"那时候的我和现在的

---

① 英语中，尤斯塔斯·斯克罗布的意思是毫无用处的灌木丛。

我截然不同。天呐，那时候的我简直就是个讨厌鬼。"

"不过，说实话，你那时确实挺讨厌的，"吉尔回答说。

"那么，你觉得我已经变了吗?"尤斯塔斯问道。

"不仅仅是我，"吉尔回答说，"大家也一直这么说。他们已经注意到你的变化了。昨天在更衣室埃莉诺·布莱基斯顿听见阿德拉·佩妮法瑟谈起过你。她说'有人已经控制住了斯克罗布那小子。这学期他很不服管。我们得关心关心他了。'"

尤斯塔斯打了个寒战。所有实验学校的成员都知道，被他们"关心关心"意味着什么。

刹那间，两个孩子陷入了沉默。水珠顺着月桂树叶一滴一滴滑落下来。

"为什么你上学期和现在判若两人呢?"过了一会儿，吉尔问道。

"假期发生了很多奇怪的事情，"尤斯塔斯神秘兮兮地回答说。

"什么样的事情?"吉尔问道。

沉默了很长一段时间，尤斯塔斯才回答说：

"听我说，波尔，你和我都讨厌这个地方，要多讨厌有多讨厌，对不对？"

"我确信，我讨厌这里，"吉尔回答说。

"这么说，我真的觉得我可以相信你了。"

"你真是太好了，"吉尔回答说。

"是啊，不过我要说的可是个天大的秘密。波尔，我的意思是说，你会相信某些事情吗？我是说，这里每个人都嗤之以鼻的那些事情？"

"我从来没有机会听到这种事情，"吉尔回答说，"不过我觉得我会相信的。"

"如果我告诉你假期我曾经离开过这个世界——到这个世界的外面去了——你会相信我吗？"

"我不知道你这话是什么意思？"

"那好吧，不要计较我的话是什么意思了。假如我告诉你，我去过一个地方，那里的动物都会讲话，那里有——嗯——魔法和龙——，还有各种各样你在神话世界里才能见到的东西。"斯克罗布说话的时候满脸通红，他感到极度尴尬，手足无措。

"你是怎么到那里的？"吉尔问道。她也莫名其妙地害起羞来。

"唯一的办法就是——借助魔法，"尤斯塔斯压低声音，几乎像是在耳语。"我当时是和我的表哥表姐一起去的。我们只是被——甩了出去。他们两个以前去过那里。"

因为两个人压低了嗓门，吉尔于是觉得尤斯塔斯的话有点可信。可是，一个可怕的猜疑突然袭上她的心头，她像一只母老虎一样凶猛地吼道：

"如果我发现你一直在捉弄我，我就永远，永远，永远也不跟你讲话了！"

"我没有捉弄你呀，"尤斯塔斯说道，"我发誓我没有，我可以对着一切起誓。"

（我上学的时候，大家会说"我对着《圣经》起誓"。不过，实验学校不鼓励学生读《圣经》。）

"那好吧，"吉尔说道，"我就相信你吧。"

"你不会告诉其他人吧？"

"你把我当成什么人啦?"说到这里,他们变得格外兴奋。可是话音刚落,吉尔环顾四周,看见秋日阴暗的天空,听见树叶上滴答的水声,想起实验学校令人绝望的生活:这学期一共有十三个星期,眼前还有十一个星期在等着呢。于是她说:"可是,想这些有什么用呢? 我们又不在那个世界里。我们在这个世界里。我们不可能到达那里的。或许,我们可以?"

　　"这正是一直困扰我的一个问题,"尤斯塔斯回答说。"我们从那个世界回来的时候,有个人说佩文西家的那两个孩子,也就是我的两个表哥表姐,再也去不了那里了。你知道吧,那次是他们的第三次。他们的机会已经用完了。可是那个人根本就没说我不能去。除非他的意思是我还可以再去一次,否则他一定也会对我说同样的话。所以,我一直在纳闷,我们能去吗? 我们可以去吗?"

　　"你的意思是说,我们应该做点什么,这样就可以去那个世界了?"

　　尤斯塔斯点了点头。

"你的意思是，我们应该在地上画个圈圈，在圈圈里写上稀奇古怪的字母，然后站到圈圈里，接着再念些咒语？"

"是啊，"经过一番苦思冥想，尤斯塔斯回答说。"我相信我能想到的也只有这个办法，只是我从来没用过。不过，既然已经谈到了紧要关头，我觉得那些画圈圈诅咒的把戏有点老套，他不会喜欢的。这样做貌似我们觉得自己可以指使他为我们服务。实际上，我们只能请求他。"

"你一直提到的这个人是谁？"

"在那个世界里，他们都叫他阿斯兰，"尤斯塔斯回答说。

"好奇怪的名字啊！"

"他本人比这个名字还要奇怪呢，"尤斯塔斯神情肃穆地说。"不过，我们开始行动吧。只是问问而已，不会受到伤害的。我们像这样肩并肩站着。手心朝下，将双臂伸向前方，像他们在拉曼杜岛上做的那样……"

"谁的岛？"

"这个问题我下次有时间再回答你。他可能希望我们面朝东方。我们来看看，哪边是东方？"

"我不知道，"吉尔回答说。

"女孩子的特别之处就是，她们从来分不清东西南北中，"尤斯塔斯说道。

"你自己也分不清啊，"吉尔愤愤不平地回应说。

"你说错了，我分得清，只要你别老打断我。我现在已经分清了。那边是东，抬起头，面向月桂树。喂，你能跟着我念词儿吗？"

"什么词儿？"吉尔问道。

"当然是我马上要说的词儿，"尤斯塔斯回答说。"好啦……"

接着，他开始念词儿，"阿斯兰，阿斯兰，阿斯兰！"

"阿斯兰，阿斯兰，阿斯兰！"吉尔跟着重复说。

"请允许我们两个进入吧。"

就在这时，体育馆对面传来一阵叫喊声，"你们在找波尔？我知道她在哪里。她正在体育馆背后抹眼泪呢。要不要我把她拽出来？"

吉尔和尤斯塔斯彼此对望了一眼，然后连忙冲到月桂树下，飞速爬上泥泞陡峭、长满灌木丛的斜坡。他们速度之快，绝对值得称赞，这神速得益于实验学校古怪的教学方法，孩子们在这里学不到多少法文、数学、拉丁语或者其他类似课程。但是却可以学到如何在被追赶时迅速无声地逃之夭夭。

大约爬了一分钟，两个人停下来听了听，身后的嘈杂声证明那些家伙已经追上来了。

"但愿这扇门能够再次打开，"两个人继续往前跑，斯克罗布一边跑一边说，吉尔也跟着点点头。只见灌木丛上方有一堵高高的石墙，石墙上有一扇门，通过这扇门就可以逃出学校，躲进旷野。这扇门几乎一直都紧锁着。不过孩子们偶然也会看到门开的时候；或者门也就开过那么一次。你可以想象，如果他们的记忆中有那么一次开门的印象，那么他们就会抱有希望，想要试着打开那扇门；如果碰巧门开着，那倒是一个绝妙的逃出学校的好办法，而且神不知，鬼不觉。

吉尔和尤斯塔斯弓着腰在月桂树下一路奔跑，浑身发热，大汗淋漓，他们气喘吁吁地来到那堵高墙下。那扇门像往常一样紧锁着。

"肯定没用的，"尤斯塔斯一边说着，一边把手伸向门把；然而，"哦—哦—哦，我的天呐!!"只见门的把手动了，门开了!

就在刚才，两个孩子还盘算着，万一大门没上锁，他们就会穿过门道，飞奔出去。然而，当门真正打开的时候，他们俩却站在原地，一动不动了。眼前的景象完全出乎他们的意料。

他们以为门外是一片荒野，荒野上灰白相间、石楠丛生的斜坡一直向前延伸，与阴暗秋日的天空相连。然而，迎接他们的，却是耀眼的阳光。阳光泼洒在门道里，就像六月间你打开车库门，看见的光线一样明亮。这光线映得草叶上的雨水像珍珠般闪闪发光，也照得吉尔落泪的脸蛋儿污渍斑斑。这阳光无疑来自一个不同寻常的世界——这一点他们完全心领神会。他们眼前的草地起伏平缓，吉尔从来没有见过那么平整、那么明亮的草坪，湛蓝的天空上来回飞舞着闪闪发亮的东西，像一块块宝石，又像一只只巨大的蝴蝶。

吉尔虽然一直渴望见到这些神奇的东西，但她还是有点惊慌害怕。她抬头看了看斯克罗布，发现他也是一脸惶恐。

"来吧，波尔，"他气喘吁吁地说道。

"我们能回来吗？这样安全吗？"吉尔问道。

就在这时，一个卑鄙自私、不怀好意的声音在他们身后喊道："行了，波尔。"那声音尖叫着说，"我们都知道你就在那儿。你下来吧。"这是伊迪斯·杰克尔的声音，伊迪斯还不是那个团伙的成员，她只不过是个溜须拍马的跟屁虫和搬弄是非的传声筒而已。

"赶快！"斯克罗布说道。"过来，握住我的手。我们绝对不能分开。"没等吉尔弄明白怎么回事，斯克罗布就已经拽着她冲出了那扇门，离开了校园，离开了英格兰，离开了我们的世界，进入了那个世界。

伊迪斯·杰克尔的说话声突然间消失了，就像收音机被关掉了似的。他们周围响起了另一种截然不同的声音。这声音来自头顶上那些闪闪发光的东西，他们这时才看清楚那些是鸟类。这些鸟儿发出喧嚣的声音，不过，与我们这个世界的鸟叫声相比，这声音更像音乐——一种高深莫测的音乐，一种乍听起来难以领会的音乐。虽然有这些鸟鸣声，周围环境还是笼罩在无边的寂静中。吉尔感受着这种悄无声息，呼吸着清新的空气，她觉得他们一定是在一座很高的山顶上。

斯克罗布依然牵着她的手，两个人继续一边往前走，一边目不转睛地凝视着周围的一切。吉尔看到四面八方都是巨大的树木，这树木貌似雪松，却比雪松更高更大。树木之间空隙很大，树下也没有灌木丛，站在树下左右环顾，可以看见很远很远的森林尽头。吉尔放眼望去，眼前的景色大体相同——平坦的草地，飞翔的鸟儿，这些鸟儿的羽毛色彩斑斓，有黄色的，有蜻蜓蓝的，有彩虹色的，还有暗蓝色的。天空明亮，凉爽的空气中没有一丝微风。这是一片非常荒凉的森林。

正前方没有一棵树：只有蔚蓝的天空。两个人一言不发，径直朝前走着。突然，吉尔听到斯克罗布说："当心！"她感到自己被人猛拉了一把。原来他们正站在悬崖的边缘。

有些人站在高处依然可以保持冷静的头脑，吉尔就是这些幸运儿中的一个。虽然站在悬崖边上，她一点儿也不惊慌。斯克罗布自作主张把她从悬崖边上拽了回来，这令她大为恼火。"你把我当成小孩子了，"她一边说，一边把手从斯克罗布的手里抽了出来。见他脸色变得煞白，她有点鄙视他了。

"怎么回事儿？"她问道。为了显示自己并不害怕，她故意站在悬崖的最边缘处；实际上，她站的地方比自己想要站的地方更靠近崖壁。然后，她俯身往下看去。

此时她才意识到斯克罗布脸色苍白是有道理的。

与我们世界里的悬崖相比，这里的悬崖是无与伦比的。想象一下吧，你站在你所知道的最高的悬崖顶端。想象一下，你自己正俯视着悬崖的底部。再想象一下，悬崖一直往下延伸，越来越远，十倍的远，二十倍的远。当你一直这样看下去，想象一下，你会看到小小的白色物体，乍看一眼，你会误以为那些是羊群，但是，不久你就会意识到那是白云——不是烟状的薄雾，而是体积巨大、蓬蓬松松的白云。这白云像群山一样巨大无比。终于，在白云之间，你第一次看见真正的崖底。这崖底离你那么远，你根本无法判断那到底是田野还是树林，是陆地还是河湖。崖底和白云之间的距离远远超过你和白云之间的距离。

吉尔凝视着崖底。这时她觉得自己或许应该从悬崖边上后退几步；但是她不想让斯克罗布觉得自己是因为恐惧才这么做的。后来她突然改变主意，觉得自己不应该在乎他的看法，而应该理直气壮地逃离这可怕的悬崖，她发誓再也不嘲笑那些恐高的人了。然而，等她努力想要挪动的时候，才发现自己根本动弹

16

不得。她的双腿像面团一样发软，眼前的一切都在游动。

"你在干什么？波尔？赶快回来——你这个十足的小白痴！"斯克罗布大声叫喊着。但是他的声音似乎离得很远很远。她感到他在抓她，可是此时，她再也无法控制自己的四肢了，有那么一会儿，她在悬崖边上挣扎着。她极度恐惧，头晕眼花，不知道自己在做些什么。不过，有两件事情令她终生难忘（这两件事情还常常出现在她的梦境里）。一件事情是：她自己用力从斯克罗布的手中挣脱出来；另一件事情是：就在同一时刻，斯克罗布自己也尖叫一声，失去平衡，飞快地坠入了深渊。

幸运的是，她还没来得及考虑自己的所作所为，一只颜色鲜艳的巨大猛兽已经冲到了悬崖边上。那家伙斜躺在那里，奇怪的是，它的嘴里正在吹气。没有咆哮，也没有怒吼，只是张大嘴巴在吹气；那么镇定自若，像真空吸尘器，均匀地一吹一吸。吉尔离那家伙太近了，她几乎可以感受到它身体里的空气在均匀地流动。因为无法站立，她只好静静地躺着。她几乎要晕倒了；实际上，她倒希望自己能够真正晕倒，可是晕倒不是说到就能做到的。最后，她终于看见自己下面很远的地方，有一个小黑点正从悬崖上飘离而去，慢慢上升。那黑点一边上升，一边向远处飘去。飘到悬崖顶端的时候，那黑点已经远得看不见了。很显然，那黑点正以飞快的速度远离他们，吉尔禁不住想：一定是她身边的这家伙把那黑点吹走的。

于是，她转过身来，审视着那个家伙。原来那是一头狮子。

第二章

吉尔被委以重任

狮子看也不看吉尔，它站起身来，吹了最后一口气。它好像对自己的杰作非常满意，转过身去，慢悠悠昂首阔步地返回森林去了。

"这一定是个梦，一定是的，一定是的，"吉尔自言自语道。"我马上就会醒来的。"然而，这不是梦，她也没有醒过来。

"要是我们没来过这么可怕的地方该多好啊，"吉尔说道。"我相信斯克罗布和我一样，根本不知道这里的情况。如果了解这些情况，他就该提前提醒我，而不该贸然把我带到这里来。他从悬崖上摔下去可不是我的责任。如果他不来拽我，我们两个都会安然无恙的。"这时候，她又想起了斯克罗布摔下悬崖时的尖叫声，眼泪不由得夺眶而出。

痛哭一场本身也算是个解决问题的办法。但是，你迟早得停下来，然后你还得决定下一步该怎么办。等吉尔停止哭泣的时候，她觉得自己口渴极了。刚才她一直脸朝下趴着，现在才抬起头来。鸟儿已经停止了歌唱，四周一片寂静。只有一种细小的、连绵不断的声音从远处隐约传了过来。她仔细倾听，觉得这肯定是流水的声音。

吉尔站起身来，小心谨慎地环顾着四周。狮子早已不见了踪影；可是周围有那么多树木，也许它就藏在附近，只是她看不见而已。尽管她知道，周围说不定还有好几头狮子呢，但是，此时她口渴难耐，只好鼓足勇气去寻找那片活水。她踮起脚尖，偷偷从一棵树溜到另一棵树背后，每走一步，都要停下来向四周张望一番。

树林里一片寂静，要找到水声的源头并不困难。

流水的声音越来越清晰，出乎意料的是，她很快就来到一片林中空地，看到一股溪流。溪水像玻璃一样明亮透明，穿过离她一步之遥的草地。看见溪水，她感到自己比以前口渴了十倍，但是她没有立刻冲上前去畅饮一番。相反，她好像变成了一块石头，张大嘴巴，一动不动地站在原地。她这样做有极为充足的理由：那头狮子就躺在溪流的岸边。

那狮子高昂着头，两只前爪朝前伸着，就像伦敦特拉法尔加广场上的狮子雕像。她立刻明白了：那家伙已经看见她了，因为它的双眼直勾勾地对视着她的眼睛，过了一会儿，它才调转眼神，仿佛它已经看穿了她，觉得她无足轻重。

"如果我现在逃走，它会立刻追上来，"吉尔心想。"如果继续往前，我就直接进了它的嘴巴。"不管怎么说，就算想要挪一挪，她也无法动一动，她的眼睛一刻也不敢离开那头狮子。她无法确定彼此这样僵持了多久；似乎有好几个小时吧。她越来越口干舌燥，难以忍受，她甚至觉得只要能够保证喝到一口水，就算被狮子吃掉也在所不辞。

"如果你口渴了，你就去喝吧。"

自从斯克罗布在悬崖边上和她攀谈以来，这是她听到的第一句话。她四下张望了一会，想知道是谁在跟她说话。那声音又接着说道，"如果你口渴了，就过来喝水吧。"她自然而然就联想到斯克罗布说过的话：在那个世界里，动物是会说话的，于是她明白了：说话的正是那头狮子。

这一次，她甚至还看见了狮子的嘴唇在抖动，而且那声音不像是男人发出的。那是一种更深沉、更狂野、更有力的声音，一种凝重而高贵的声音。

这声音丝毫没有减少她之前的恐惧心理，相反，倒给她平添了一种别样的恐惧。

"你不口渴吗?"狮子问道。

"我口渴得要死，"吉尔回答说。

"那你就喝呀，"狮子说道。

"我可以喝吗——我能喝吗——我喝水的时候，你能不能走开一会儿?"吉尔说道。

狮子看了她一眼，低声咆哮了一下，算是给她一个答复。吉尔凝视着它纹丝不动的庞大躯体，意识到自己要求它走开，还不如要求整个大山为了给她便利而挪到一边去呢。

美味的溪水淙淙流动，这声音听得她几乎疯狂。

"如果我真的过来喝水，你愿不愿意承诺你不会——不会对我怎么样?"吉尔说道。

"我不作任何承诺，"狮子回答说。

吉尔此时已经口渴难耐，顾不上那么多了，她不禁又向前走了一步。

"你吃女孩子吗?"吉尔问道。

"我活吞过女孩和男孩，女人和男人，国王和皇帝，城市和王国，"狮子回答说。它说话的神态既不像在自吹自擂，也不像在伤心懊悔，更不像在生气愤怒。它只是心平气和地说说而已。

"我不敢过来喝水，"吉尔说道。

"那你就会渴死的，"狮子回答说。

"噢，天呐!"吉尔一边说着，一边又走近了一步。"看来我得再去找一条小溪。"

"这里没有第二条小溪了，"狮子回答说。

吉尔丝毫不怀疑狮子说的每一句话——只要你见过它那张神色肃穆的脸，你就不会对它心生怀疑——她突然间拿定了主意。虽然这是她最不愿做的事情，可她依然继续向前，走到溪边，俯身跪下，用手掬起溪水喝了起来。这是她喝到的最凉爽、最提神的水了。不必多喝，就可以立刻止渴。喝水之前，吉尔早就做好打算：一旦喝完，就立刻猛跑出去，远离狮子。

此时，她才意识到这个打算是极其冒险的。她直起身来，站在原地，双唇湿漉漉的。

"过来吧，"狮子说道。她只好遵命。她几乎走到了狮子的两只前爪当中，两眼直愣愣地盯着它看。不过，很快她就垂下了眼帘，不敢再看了。

"人类的孩子，"狮子说道。"那个男孩在哪里？"

"他跌到悬崖下面去了，"吉尔一边回答，一边又补充了一句称呼语"先生"。她不知道该怎么称呼他，可是，直呼其名又显得没有礼貌。

"他怎么会跌落悬崖呢，人类的孩子?"

"他不想让我摔下去，先生。"

"你为什么要离悬崖边那么近，人类的孩子?"

"我在炫耀自己，先生。"

"这是个很好的答案，人类的孩子。不要再炫耀了。(直到此时，狮子的脸色才开始变得不再那么肃穆。)那个男孩现在已经安然无恙了，我把他吹到纳尼亚去了。不过，由于你刚才的所作所为，你的任务要比他更艰巨一些。"

"请问是什么任务，先生?"吉尔问道。

"我特意把你们从自己的世界里召唤出来，就是为了完成这个任务。"

吉尔困惑不已，心中暗想："它一定是把我错认成其他人了，"她不敢把自己的想法告诉狮子，可又怕如果不如实相告，后面的事情会混乱不堪，不可收拾。

"说说你的看法，人类的孩子，"狮子说道。

"我有些疑惑——我的意思是——会不会是搞错了？因为，你知道的，没有人召唤我和斯克罗布，是我们两个自己要求来这里的。斯克罗布说我们应该呼唤——呼唤某某某——那个名字我记不得了——也许那个某某某就会让我们进入这个世界。于是我们就照做了，结果我们发现门真的开了。"

"如果我没有呼唤你们，你们其实用不着呼唤我，"狮子说。

"这么说，你就是那位某某某了，先生?"吉尔问道。

"正是。现在，请听你的任务。在距离这里很远的纳尼亚岛上，住着一位年长的国王，这位国王闷闷不乐，因为他没有亲生儿子来继承王位。他之所以没有继承人，是因为他唯一的儿子多年前被人偷走，纳尼亚王国没有人知道王子的下落，也没有人知道他是死是活。其实他还活着。我指派你完成一个使命，去寻找那位失踪的王子，要么找到他，把他带回他父亲的王宫，要么你自己中途丧命，再要么你就回到自己的世界里去。"

"请问我该怎么做呢?"吉尔问道。

"我马上会告诉你的,孩子,"狮子回答说。"这些都是我引导你们寻找王子的暗号:首先,一踏上纳尼亚的国土,那个小伙子尤斯塔斯就会遇见一位亲密的老朋友。他必须立刻迎上前去;如果他照办无误,你们就会得到很大帮助。第二,你们必须离开纳尼亚,一直向北走,直到那个废弃的古代巨人城。第三,你们会在那座废弃的城市里看到一块石头,石头上有一段话,你们一定要照石头上的话去做。第四,你们将会凭借下面的证据辨认出失踪的王子(如果你们发现王子的话):他是你们旅途中遇到的第一个请求你们以我的名义,也就是以阿斯兰的名义做事情的人。"

狮子的话好像说完了,吉尔觉得自己也该说点什么。

于是,她说:"非常感谢您。我明白了。"

"孩子,"阿斯兰的语气比以前温和多了,"也许你并没有像你想象中那么明白吧。不过，你首先要做的是：记住要领。你把刚才的四个暗号按顺序给我重复一遍。"

吉尔试了试，不过说得不太准确。狮子于是一遍遍地纠正，让她再一遍遍地重复，直到她完全记住为止。狮子指导得非常耐心，吉尔因此才鼓起勇气问道：

"请问，我该怎么做才能到达纳尼亚呢？"

"借着我的气息，"狮子回答说。"我马上把你吹到这个世界的西边，就像吹尤斯塔斯那样。"

"我能不能及时赶上他，告诉他第一个暗号是什么？不过，我觉得第一个暗号也没那么重要。如果他遇见一位老朋友，他当然会迎上前去打招呼的，对不对？"

"你们已经没有多少时间了，"狮子说道。"所以我必须立即把你派出去。来吧，走到我面前，站到悬崖边上。"

吉尔记得清清楚楚，如果说他们时间不多了，那也完全是她自己的错。"如果我当初不干傻事，斯克罗布和我早就一起出发了。他要是和我在一起，也应该听到刚才的行动指令，"她一边想，一边照着狮子的吩咐往悬崖走去。退回悬崖是件非常可怕的事情，更恐怖的是，狮子没有和她同行，而是踩着松软的爪子，无声无息地走在她的身后。

不过，还没等她靠近悬崖，身后那个声音就说话了，"站着别动。我马上就要吹气了。首先，你要牢记，一定要牢记，牢记那些暗号。每天早上醒来时，晚上睡觉前，半夜醒来时，你都要默念一遍暗号。无论遇到任何奇怪的事情，你都不能丧失理智，要严格依照暗号行事。其次，我要给你一个警告。在这座山上，在这里，我已经向你讲明了一切。可是，到了纳尼亚，我不会再三叮咛你的。在这座山上，在这里，空气是清新的，你的头脑也是清醒的；可是，等你降落到纳尼亚，空气就会变得厚重。你一定要加倍小心，不能因此迷失了心智。你在这里学到的暗号到了那里也许会改变形式，遇到具体事情时，这些暗号看上去和你想象中的完全不一样。所以你要将暗号铭记在心，不要在乎表面现象，这一点至关重要。牢记暗号，相信暗号。其他事情都无关紧要。就说这些吧，夏娃的女儿，再见啦。"

谈话结束的时候，狮子的声音变得越来越柔和，后来，那声音已经消失得无影无踪了。吉尔此时看了看身后，不由得大吃一惊：只见那座悬崖已经离自己有一百码了，而那头狮子则变成了悬崖上一颗金色的亮点。她刚才一直咬紧牙关，紧握双拳，等待着狮子那口可怕的气息；没想到那口气息非常柔和，她根本就没有觉察到自己已经离开了地面。此时，她的脚下只有万丈深渊。

她有点害怕，不过这种恐惧感瞬间即逝。因为脚下的那个世界离她那么遥远，似乎和她毫无关系。另外，飘浮在狮子的气息上简直舒适极了。

她发现自己既可以躺着，也可以趴着，还可以随心所欲转动身体，就像在水里一样自由自在（当然，你的浮水功夫要相当熟练）。

由于她调整姿势的节奏与狮子的呼吸保持一致，所以就不会产生气流，空气似乎格外的温暖。四周既没有噪音，也没有震荡，与坐在飞机里的感觉完全不同。如果吉尔乘坐过气球，她会觉得这感觉更像在气球里，不过比乘气球更舒服些。

　　此时她回头一望，第一次看清了自己刚刚离开的那座山的真正模样。她不明白这么雄伟的高山为什么没有被冰雪覆盖——"不过，我猜这个世界里的一切都是与众不同的，"吉尔心想。她俯身向下看了看，发现自己离地面太高了，根本无法判断自己是在陆地上飘移，还是在海洋上空浮动，更不知道自己移动的速度有多快。

　　"天呐！暗号！"吉尔突然说。"我最好还是背背暗号吧。"她顿时惊慌失措，站立起来。不过她很快就发现自己还能够准确无误地背诵出来。"这样就万无一失了，"说完，她又躺到空气上，像躺在沙发上一样心满意足地舒了口气。

　　"哎呀，我的天呐，"几个小时以后，吉尔自言自语道。"我一直在睡觉。想象一下我竟然睡在空气上。真不知道以前有没有人也这么干过。我觉得应该没有人睡过空气吧。糟糕，想起来了——斯克罗布大概睡过！就在这条路上，就在我的近前方。我来看看脚下是什么情形。"

脚下看上去是一片深蓝色的广阔平原。平原上没有任何山坡，只有一些巨大的白色物体在慢慢穿梭。"那些肯定是白云，"她心想。"不过，这些云朵比我在悬崖上看到的要大得多。我猜想，云朵越大就说明距离越近。我肯定离地面越来越近了。讨厌的太阳！"

当初启程的时候，太阳还高挂在头顶，现在，阳光已经直射进她的眼睛了。这说明太阳慢慢落山了，就在她的眼前。

斯克罗布说得一点儿没错，（我不了解一般女孩的情况）吉尔根本辨别不出东南西北。否则，她应该明白，当太阳照进眼睛时，她应该是朝着正西方向行进。

她凝视着身下那片蓝色的平原，不久就发现那里零星分布着或明或暗的小点。"这应该是海洋！"她心想。"我觉得那些小点是岛屿。"她猜对了。如果她知道斯克罗布曾经在某艘船的甲板上目睹过这些岛屿，甚至还踏上了其中几座岛屿，她一定会羡慕嫉妒的；不过，她对此一无所知。又过了一会儿，她看见蓝色的海平面上掀起了小小的褶皱，如果你身临其境，那些小小的褶皱一定是巨大的海浪。再后来，地平线上出现了一条粗大的黑线，这黑线以极快的速度变得越来越粗，越来越暗，快得你都能看见那条黑线在扩张。这现象第一次让她体会到自己正在飞速行进。她知道那条越来越粗的黑线一定就是陆地了。

忽然，一朵巨大的白云从她的左侧飞速飘来，与她处在同一高度（因为风是从南边刮过来的）。没等弄明白自己身处何处，她就钻进了寒冷、潮湿的云朵中间。她顿时惊得目瞪口呆，不过很快又钻了出来。她在阳光下眨着眼睛，浑身的衣服都湿透了。（她上身穿着宽松的运动衣，里面是件羊毛衫，下身穿着短裤和长袜，脚上穿着厚厚的运动鞋。英格兰这些天一直都是泥泞潮湿的。)钻出云层的时候,她飘浮得更低了。刚一出来,她就感觉到了什么,这应该是她一直期盼的东西,然而,这东西却让她感觉诧异和震惊。原来是声音。在此之前,她一直在无声无息中飘移。此时,她第一次听到了波涛和海鸥的声音。也正是此时,她闻到了海洋的气息。此时,她也完全可以判断出自己的行进速度。她看见两股海浪迎面拍打着,中间涌起一堆泡沫;可是,还没等她看清楚,那些泡沫已经消失在身后一百码的地方了。陆地正以飞快的速度向她靠近。她不仅看得见遥远的内陆山脉,身体左侧的山峦也尽收眼底。她还看得见海湾和海岬,森林和田野,以及绵延不断的沙滩。波涛拍打海岸的声音越来越响,这声音渐渐淹没了海洋上的其他声音。

突然,她的正前方出现了陆地。她正朝着一个河口飘去。此时,她离水面很低,大约只有几英尺。一个浪尖打到她的脚趾上,溅起一大堆泡沫,她的下半身几乎全部湿透了。此时,她减慢了速度,不再在水面上飘移,而是向左滑行到了河岸边。眼前的景象太过复杂，她几乎有点目不暇接。她看见了一片柔嫩的绿草地，一艘色彩鲜艳、珠光宝气的大船，还看见了很多高塔和城垛，彩旗在空中招展，衣着华丽的人群身披盔甲，手握金色的宝剑，四周环绕着音乐声。这一切显得杂乱无章。她首先想到的是自己已经降落地面了，正站在河边的一株灌木丛下，而斯克罗布，就站在那里，离她只有几英尺之遥。

她脑海里首先闪现的念头是：他看上去那么肮脏邋遢、那么衣冠不整、那么相貌平平。接着她又想到了自己："我身上怎么湿成这样！"

第三章

国王扬帆起航

斯克罗布之所以看上去这么肮脏邋遢（其实要是能够看到自己的形象，吉尔也一样觉得自己衣冠不整），是因为他们周围的景物都是那么富丽堂皇。我最好立刻把这里描述一番吧。

靠近陆地的时候，吉尔曾经透过群山的裂缝看到了遥远的内陆，落日的余晖倾泻在平坦的草地上。草地的远处，矗立着一座城堡，这是吉尔见过的最美丽的城堡：城堡上有很多塔楼和尖角，上面的风向标在晚霞中闪闪发光。草地的近处，是一座大理石砌成的码头，码头上停泊着一艘大船。这是一艘高桅横帆船，高高的船首楼和船尾楼漆成了金黄色和深红色，桅杆顶上飘扬着一面大旗，甲板上舞动着许多彩旗，舷墙四周挂着一排银光闪闪的盾牌。船身正搭着一块跳板，跳板脚下，站着一位非常苍老的长者，他已经整装待发，准备登船了。这位老人身披华贵的猩红色斗篷，斗篷前面敞开着，露出里面银色的盔甲，头戴一顶细细的金环。他的胡子又白又长，白得像羊毛，长得几乎垂到了腰间。他笔直地站着，一只手搭在一位衣着华丽的勋爵肩上，这位勋爵似乎比国王年轻些，但是他看上去也非常苍老，非常羸弱，仿佛一阵风就能把他刮走，他的两眼噙满泪水。

登船之前，国王转身对他的臣民讲话。国王面前摆着一把小轮椅，轮椅前面套着一只和大猎犬体型差不多的小毛驴。轮椅上坐着一个肥胖的小矮人。虽然和国王一样衣着华丽，但是因为他身体肥胖，又坐在一堆软垫上，结果两个人的形象大相径庭：他看上去像是一个毛皮、丝绸和天鹅绒裹起来的丑陋的肉球。这小矮人和国王年龄相仿，但是比国王身体更健壮、精神更矍铄，目光更敏锐。他没戴帽子，奇大无比的头上光秃秃的，像一颗巨大的台球在夕阳下闪闪发光。

小矮人的背后，呈半圆形站着一群人，吉尔立刻明白这些人都是国王的大臣。单是他们的衣着和盔甲，就值得仔细观赏。他们看上去不像是一群人，更像是一个花坛。然而，真正让吉尔目瞪口呆的却是那些臣民。"臣民"这个词用得未必恰当，因为这中间只有五分之一的成员是人类，其余的都是你在我们的世界里绝对见不到的：农牧神，森林神，还有马人，因为以前见过照片，吉尔都能叫得出他们的名字。队伍里还有小矮人，还有很多她认识的动物：熊、獾、鼹鼠、金钱豹、老鼠以及各种各样的鸟类。

虽然品种相似，这些动物与英国同名的动物有很大区别。他们体型巨大，比如老鼠，他们用后腿站立，足有两英尺多高。除此之外，他们的外形也截然不同，你可以从他们脸上的表情判断出来，他们和我们一样，能说会道，善于思考。

"天呐！"吉尔心想。"这竟然是真的。"不过，她紧接着又补充了一句，"不知道他们是不是很友好？"因为她刚刚发现，在人群的外围，有一两个巨人和一些她根本叫不出名字的臣民。

就在这时，阿斯兰和那些暗号涌进她的脑海。刚才那半小时里，她把这些忘得干干净净了。

"斯克罗布！"她一边紧抓他的胳膊，一边低声问道。"斯克罗布，赶快！你有没有看到你认识的人？"

"原来你又回来啦？"斯克罗布很不友好地说道（他这样说话情有可原）。"好啦，你能不能安静点？我想听国王的讲话。"

"别犯傻啦，"吉尔说道，"我们一刻也不能耽误了。你看这里有没有自己的老朋友？因为你得立即上前和他说话。"

"你在说什么？"斯克罗布问道。

"是阿斯兰——那头狮子——他说你应该这么做，"吉尔绝望地说道，"我见过他了。"

"哦，你真的见过他啦？他说什么了？"

"他说你在纳尼亚看见的第一个人就是你的老朋友，你得立即上前和他说话。"

"可是，这里根本没有一个人是我以前见过的；不过，话说回来，我还不知道这里是不是纳尼亚呢。"

"我还以为你说过你以前来过这里，"吉尔说道。

"哦，那你想错了。"

"是吗，是我想错啦！你告诉过我的。"

"看在上帝的分上，请住嘴，我们来听听他们在说什么。"

国王此时正在对小矮人讲话，但是吉尔根本听不到他在说什么。

而且，根据吉尔的判断，那个小矮人根本没有应答国王的话，只是一个劲儿地点头或摇头。接着，国王提高嗓门，对着所有的朝臣发表演讲。然而，他的声音太苍老，太沙哑，吉尔根本听不明白——更主要的原因是，演讲里提到的人名和地名都是她从未听说过的。演讲完毕，国王弯下腰去，亲吻小矮人的双颊，接着，他直起腰板，挥动右手，好像是为自己祈福。他拖着无力的步伐，慢吞吞地走向跳板，登上大船。他的离别，显然深深地打动了群臣。大家掏出手绢，抽泣声四处响起。跳板撤除，船尾楼上响起了喇叭声，大船驶出了码头。（其实大船是被一艘划艇拖出码头的，不过吉尔根本就看不见这个细节。）

"好啦——"斯克罗布刚一开口，就说不下去了，因为就在那一刻，一只巨大的白色物体从空中滑行下来，停在了他的脚边。一开始，吉尔以为那是一只风筝。其实那是只体型巨大的白色猫头鹰，站在那里足有一个大个小矮人那么高。

猫头鹰眨了眨眼睛，像近视眼那样凝视着他们，脑袋歪向一边，用柔和的、猫头鹰特有的声音说道：

"吐呼，吐呼！你们两位是谁？"

"我叫斯克罗布，这是波尔，"尤斯塔斯介绍说。"你可不可以告诉我们，我们现在在哪里？"

"在纳尼亚的土地上，在国王的凯尔帕拉维尔城堡里。"

"那位刚刚上船的就是国王吗？"

"太对了，太对了，"猫头鹰摇晃着大脑袋，伤心地说。"可是，你们是谁？你们两个有点不可思议。你们来的时候，我看见了：你们是飞过来的。大家都忙着为国王送行，除了我，没人注意你们的到来。我碰巧看到你们了，你们是飞过来的。"

"我们是阿斯兰派到这里来的，"尤斯塔斯低声说道。

"吐呼，吐呼！"猫头鹰一边说话，一边拍打着羽毛。"我现在有点力不从心，离天黑还早着呢。太阳下山前我总是不自在。"

"我们是奉命来寻找失踪的王子的，"吉尔一直眼巴巴地等着说话呢，她迫不及待地插嘴说。

"我可是头一次听说这件事情，"尤斯塔斯说道。"什么王子？"

"你们最好立刻过去和摄政王谈谈，"猫头鹰说道。

"那个就是，在那边的毛驴车上，小矮人特拉普金。"猫头鹰一边转身带路，一边喃喃自语说，"呼！

吐呼！怎么办啊！我的脑子乱哄哄的。天色太早了。"

"国王叫什么名字？"尤斯塔斯问道。

"凯斯宾十世，"猫头鹰回答说。吉尔惊讶地发现斯克罗布突然停住了脚步，脸色也变得异常难看。

她觉得自己从未见过斯克罗布被什么事情难成这样。不过，还没等她来得及提问，他们就已经来到了那个小矮人的面前。此时，小矮人正收紧驴子的缰绳，准备驾车返回城堡。群臣也已经解散，他们三三两两，成群结队，朝着同一个方向走去，仿佛刚刚看完一场运动比赛。

"吐呼！嗨嗨！摄政王大人，"猫头鹰一边弯下腰去，一边把鸟嘴凑近小矮人喊道。

"嗨？什么事情？"小矮人问道。

"有两个生人，大人，"猫头鹰回答说。

"两个森林人！你什么意思？"小矮人问道。"我看见了两个肮脏邋遢的小崽子。他们想干什么？"①

———————————

① 在英语中，陌生人 stranger 与森林人 ranger 读音很容易混淆。

"我叫吉尔，"吉尔迎上前去，自我介绍说。她迫切地想要解释他们两个此行所肩负的重要使命。

"这女孩名叫吉尔，"猫头鹰扯着嗓门说道。

"什么？"小矮人说，"女孩叫人给杀了！我才不相信呢。什么女孩？谁杀了她们？"[①]

"只有一个女孩，大人，"猫头鹰解释说。"她的名字叫吉尔。"

"大声点，再大声点，"小矮人说，"别站在那里对着我的耳朵叽叽喳喳，哼哼唧唧的。谁被杀死了？"

"没有人被杀，"猫头鹰气急败坏地喊道。

"谁？"

"没—有—人。"

"好了，好了。你不用大喊大叫的。我还没有聋到那个份上。你究竟什么意思：跑过来告诉我没人被杀？为什么一定要有人被杀呢？"

"你最好告诉他我叫尤斯塔斯，"斯克罗布说道。

––––––––––––––

① 在英语中，吉尔 Jill 与杀了 kill 读音很容易混淆。

"这男孩名叫尤斯塔斯，大人，"猫头鹰尽量放大嗓门说。

"毫无用处？"小矮人暴躁地喊道。"我敢说他是毫无用处的。嘿，这就是你把他带到宫廷来的原因吗？"①

"不是毫无用处，"猫头鹰回答说。"是'尤斯塔斯'。"

"什么用处不用处的，对不对？说实话，我不知道你们在谈什么。格里姆非瑟大师，我来告诉你是怎么回事儿。当我还是小小矮人的时候，这个国家就有会说话的兽类鸟类，他们才真的是能言善辩。他们根本不像你这样吐字不清，含糊其辞，低声细气。你这种说话方法让人无法忍受，绝对无法忍受。乌拉诺斯先生，请把我的助听器拿来。"

一直默默站在小矮人身边的一个农牧神听到命令，立刻递给小矮人一只银质的听筒。这只听筒像个

---

① 在英语中，尤斯塔斯 Eustace 与毫无用处 useless 读音很容易混淆。

蛇形的乐器，小矮人把环状的管子挂在自己的脖子上。就在小矮人忙着佩戴助听器的时候，猫头鹰格里姆非瑟突然悄悄对两个孩子说：

"我现在头脑稍稍清楚些了。千万不要提任何有关失踪王子的事。我以后再解释给你们听。这样不行，这样不行，吐呼！哦，怎么办啊！"

"好啦，"小矮人说道，"如果你有任何合理化的想法，格里姆非瑟大师，你就说吧。请你深呼吸一下，不要说得太快。"

在孩子们的帮助下，在小矮人断断续续的咳嗽声中，格里姆非瑟解释了事情的原委：这两个陌生人是阿斯兰派来拜访纳尼亚的。小矮人的眼神发生了变化，他迅速瞥了孩子们一眼。

"是狮王亲自派来的，嗯？"他说道。"而且是从……从另一个世界派来的，在我们这个世界以外，对不对？"

"是的，大人，"尤斯塔斯对着听筒大声喊道。

"亚当的儿子和夏娃的女儿，对不对？"小矮人问道。实验学校的学生根本没听说过亚当和夏娃的名字，所以吉尔和尤斯塔斯无法回答这个问题。不过，小矮人似乎并不在意他们的反应。

"好吧，亲爱的孩子们，"他一边说，一边分别拉了拉两个孩子的手，微微点了点头。"热烈欢迎你们的到来。如果善良的国王，我可怜的主人，此刻没有动身去赛文群岛，他一定会为你们的到来感到高兴。至少你们可以把他暂时带回青春岁月。不过，现在该吃晚饭了。明天早上，你们得把自己的事情在全体政务会上给我讲一遍。格里姆非瑟大师，你要关照下去，一定要以最高规格为这两位客人提供卧室、合身的衣服和其他一切必要的用品。还有，格里姆非瑟，你把耳朵凑过来……"

说到这里，小矮人把耳朵凑近猫头鹰的脑袋，他这样做，无疑是想低声耳语；然而，就像所有的聋子一样，他根本无法判断自己的音量，结果，两个孩子都听到了他的悄悄话："要关照下去，给他们好好洗个澡。"

吩咐完毕，小矮人指挥着小毛驴，动身向城堡走去，这头又矮又胖的小毛驴摇摇摆摆，步履蹒跚。跟在后面的农牧神、猫头鹰和两个孩子也放慢了脚步。太阳已经落山了，天气越来越凉爽了。

他们先走过草坪，又穿过果园，然后来到凯尔帕拉维尔的北门。走进敞开的大门，他们看到一个长满青草的庭院。右边大厅的窗户里已经透出了灯光，正前方一大群结构复杂的楼房里面也有灯光。猫头鹰领着他们走了进去，在那里安排了一个可爱的女人来照顾吉尔。这个女人和吉尔个头差不多，不过比吉尔苗条得多。显然这是个成年人，她像杨柳一样优美典雅，长发飘飘，纤细的头发里似乎还有苔藓呢。她把吉尔带进塔楼上的一间圆形屋子，屋子的地板上嵌着一个小浴缸，芳香的木柴正在壁炉里熊熊燃烧，拱形屋顶上垂下一条银链，银链上挂着一盏明灯。朝西的窗户可以望见纳尼亚陌生的国土，吉尔看见晚霞的余晖在远处的群山后闪闪发光。她渴望尝试更多的冒险活动，而且她确信，一切才刚刚开始。

她洗完澡，梳完头发，穿上专门为她准备的衣服——这些衣服不仅手感舒服，而且外观漂亮、气味芳香，走动的时候，衣服还会发出美妙的声音——她本来打算返身走近那扇神奇的窗户，继续眺望远方的景色，不料这时，房门一声巨响打断了她的思绪。

"进来吧，"吉尔说道。斯克罗布应声走了进来，他也洗了澡，身穿华丽的纳尼亚服装。不过，他的脸色并不好看，似乎有点闷闷不乐。

"哦，你终于来开门啦，"他一边蛮横无理地说着，一边一屁股坐进了沙发里。"这么长时间里，我一直在想方设法寻找你呢。"

"好啦，你现在找到我啦，"吉尔回答说。"我说，斯克罗布，这一切简直太刺激，太美妙了，无以言表。"此时，她早把狮子的暗号和失踪的王子忘得一干二净了。

"哦！这就是你的想法，对不对？"斯克罗布说道。接着，他顿了顿，"我倒希望我们根本就没来过这里。"

"到底怎么啦？

"我无法忍受，"斯克罗布说道。"看见凯斯宾国王变成了步履蹒跚的老头子。这真是——太可怕了。"

"为什么？这碍着你什么啦？"

"哦，你不明白。我想起来了，你不可能明白这些。我没有告诉过你，这个世界的时间和我们世界的时间不一样。"

"你这话是什么意思？"

"你在这里度过的时间一点也没耗费我们的时间。你明白吗？我的意思是，无论我们在这里待多久，等我们回到实验学校的时候，我们的时间还是离开的那会儿。"

"这个一点儿也没劲。"

"哦，住口！不要老是打断我。等你回到英国——回到我们的世界——你根本就不知道这里的时间过了多久。我们在国内过一年，在纳尼亚也许就是很多年。佩文西兄妹给我解释过，可是，我像个傻瓜，竟然把这一切忘了个一干二净。现在看来，自从我上次离开这里，纳尼亚年历显然已经过去了七十年。你现在明白了吗？我回到这里，却发现凯斯宾变成了一个很老很老的老头儿了。"

"这么说，国王就是你的老朋友啦！"吉尔说道。这时候，一个可怕的念头涌上了心头。

"我确实该这么想，"斯克罗布痛苦地说。"要多好有多好的小伙伴。那时候他只是比我大几岁而已。看看那个白胡子老头儿，再想想那个年轻的凯斯宾，我们一起夺取孤独群岛，一起激战大海蛇——哦，这太可怕了。比我回来发现他死了还糟糕。"

"哦，闭嘴，"吉尔不耐烦地说道。"事情比你想象的还要糟糕。我们已经错过第一个暗号了。"斯克罗布当然听不懂这句话的意思。于是，吉尔给他讲述了自己与阿斯兰的谈话内容，告诉他四个暗号分别是什么，他们肩负的使命就是寻找失踪的王子。

"现在你明白啦，"吉尔总结说，"你的确看到了一位老朋友，这和阿斯兰说的一模一样，你应该立刻迎上前去和他讲话。但是你没有这样做，事情刚开始就乱套了。"

"可是我当时怎么会知道呢?"斯克罗布说。

"当初我想方设法给你解释的时候，你要是听我的话，我们两个就不会这么手足无措了。"吉尔说。

"是的，当初如果你不在悬崖边上瞎胡闹，差点谋杀了我——是的，我说的是谋杀，我以后还会即兴再说这个词儿，以便让你保持冷静——如果不是这样，我们两个早就走到一起，也知道自己该干什么了。"

"我猜想，他是不是你见到的第一个人?"吉尔说道。"你肯定比我早几小时到达这里。你确定自己之前没看见别的什么人?"

"我只不过比你早到了一分钟，"斯克罗布说道。"他吹你用的力气肯定比我的大，所以你飘得比我快。这样就弥补了耽误的时间：你耽误的时间。"

"别这么顽固不化，斯克罗布，"吉尔说道。"喂!什么声音?"

这时候城堡里响起了晚餐铃声，一场即将展开的唇枪舌剑就这样在欢乐的气氛中戛然而止。两个人此时都觉得饥肠辘辘了。

晚餐设在城堡的大厅里，他们两个从来没有见过如此豪华壮观的场面；虽然尤斯塔斯曾经来过这个世界，但他那时候一直都在海上，对纳尼亚本土的壮观景象和礼仪排场一无所知。一面面旗帜从屋顶上垂落下来，每一道菜都在击鼓声和鸣号声中端上餐桌。桌上有令人垂涎欲滴的美味汤羹，有称作帕文德的美味鱼肉，有孔雀肉、鹿肉和馅饼，有雪糕、果冻、水果和坚果，还有五花八门的美酒和果汁。就连尤斯塔斯也情绪高涨起来，承认这顿饭"很像样子"。等到正餐结束以后，一位盲人诗人走上前来，开始吟唱长篇的古老史诗《神马与男孩》。这首诗讲述的是柯林王子和阿拉维斯与能言马布瑞的故事。故事描述了彼得在位期间，凯尔帕拉维尔王朝的鼎盛时期，发生在纳尼亚和卡乐门及其交界地上的一次奇遇。

等他们哈欠连天，筋疲力尽地拖着步子上楼睡觉时，吉尔说道："我敢打赌，今晚我们一定会睡个好觉。"因为这一天，实在是太充实了。当然，谁也不知道他们下面还会遇到什么事情。

第四章

猫头鹰会议

说来也怪，越是疲倦，你准备上床的时间就越长，如果你够幸运，房间里还生着火炉，你就会更加磨磨蹭蹭了。吉尔觉得自己如果不先在火炉边坐一会儿，就根本脱不了衣服。然而一旦坐下来，她就不想再起身了。"我得上床睡觉了，"她自言自语了至少五遍，这时候，窗户上响起了敲打声，她大吃一惊。

她站起身来，拉开窗帘。一开始，除了漆黑的夜色，什么也看不见。接着，她跳了起来，倒退了一步，因为她看见某个庞然大物正在撞击窗户，玻璃上发出尖厉的敲打声。一个不祥的念头涌入她的脑海，"这个国家难道有巨大的飞蛾？呸！"那玩意儿这时候又撞了过来，她几乎可以肯定那是一只鸟嘴，正是这张尖嘴在敲打着窗户，发出声音。

"这是一种巨大的鸟儿，"吉尔心想，"会不会是老鹰呢？"尽管她不喜欢老鹰登门拜访，可她还是打开了窗户，向外张望。那家伙立刻降落在窗台上，翅膀发出巨大的呼呼声，整个窗户被它占得满满当当，吉尔只好后退一步，给他腾出地方。原来是只猫头鹰。

"嘘，嘘！吐呼，吐呼，"猫头鹰说道。"别出声。你们两个真心诚意地想要去完成那件必须完成的任务吗？"

"你的意思是：寻找失踪王子的任务？"吉尔说道。"是的，我们一定要去完成。"此时她想起了狮子的音容笑貌，刚才在大厅里享受大餐、聆听故事的时候，她早把这一切忘得一干二净了。

"很好！"猫头鹰说道。"那么我们就不必浪费时间了。你必须立刻离开这里。我马上要去唤醒另外那个人，然后我再回来接你。你最好把这身宫廷服装换掉，穿上适合旅行的衣服。我马上就会回来的，吐呼！"不等她作答，它已经飞走了。

如果吉尔惯于冒险，她或许会怀疑猫头鹰的主意，从未冒过险的她对猫头鹰深信不疑：一想到半夜出逃，她就激动得忘记了疲倦。她重新换上毛衣和短裤，短裤的腰带上挂了一把探险刀，或许有时会用得上——又带了长发美女留给她用的几样东西。她还选了一件刚没膝盖的短斗篷，斗篷上连着兜帽，（"下雨的时候，正好用得上。"她心想。）又带了几条手绢，一把梳子。准备停当，她就坐下来等待召唤。

猫头鹰回来的时候，她又昏昏欲睡了。

"我们准备就绪了，"猫头鹰说道。

"你最好给我们带路，"吉尔说道。"这段路我一点儿也不熟悉。"

"吐呼！"猫头鹰说道。"我们不用穿城而过。绝对不能那样做。你得骑在我身上，我们要飞过去。"

"哦!"吉尔一边说着,一边张大嘴巴站在原地,她不喜欢这个主意。

"你觉得我是不是太重啦?"

"吐呼,吐呼!别犯傻了。我刚刚送走了你的伙伴。现在就走吧,不过我们得先把灯灭掉。"

灯刚一灭,窗户外面的那片夜空就不那么黑了——不再是黑色,而是灰色。猫头鹰背朝着屋子站在窗台上,伸展着双翅。吉尔只好爬到他矮矮胖胖的身体上,双膝紧紧夹在双翅下面。猫头鹰身上的羽毛特别暖和、特别柔软,不过她找不到可以抓手的地方。"真不知道斯克罗布对这次飞行有何感想!"吉尔心想。就在这时,他们两个突然俯冲而下,离开了窗台,猫头鹰的双翅在她的耳畔扇起一阵疾风,迎面吹来凉爽、潮湿的夜风。

一团银色的水汽表明月亮正躲在头顶的云朵里,尽管天空阴云密布,这次飞行还是比她预期的要轻松很多。

一眼望去,脚下是灰蒙蒙的田野、黑黢黢的树林。有一股气流急速吹来，这表明马上就要下雨了。

猫头鹰打了个盘旋，城堡出现在他们的前方。那里的窗户很少亮着灯光，他们向北飞去，掠过城堡，穿过河流，夜风变得更加寒冷，吉尔感觉自己能看得见猫头鹰在脚下水中的白色倒影。很快，他们就飞到了河流的北岸，在一片林区上空穿行。

突然，猫头鹰咬住了什么东西，吉尔看不清楚那是什么。

"哦，请你不要这样！"吉尔说道。"不要那么猛烈晃动。你差点把我抛出去了。"

"请你原谅，"猫头鹰说道。"我只不过逮住了一只蝙蝠而已。趁机加点小餐，没有比肥美可爱的小蝙蝠更耐饥的东西了。要不要给你也抓一只？"

"不用了，谢谢，"吉尔一边颤抖一边说。

此时，他稍稍降低了飞行高度，一个黑乎乎的庞然大物正在悄然逼近他们。吉尔看清那是一座塔楼——她觉得那是一座已经部分损毁的塔楼，塔楼上覆盖着常春藤——就在这时，她发现猫头鹰带着她从清新、灰白的夜空挤进了挂满常春藤和蜘蛛网的入口，钻入黑暗的塔楼顶部，她不得不迅速弯下身子，避开拱形的窗框。塔楼里弥漫着一股霉味儿，不知道什么原因，她刚从猫头鹰背上跳下来，就感觉这是个拥挤嘈杂的地方。接着，黑暗中四处开始响起"吐呼！吐呼!"的声音，她这才明白，原来这里到处都是猫头鹰。唯一让她感到慰藉的是，耳畔传来一个不同的声音：

"是你吗，波尔?"

"是你吗，斯克罗布?"吉尔反问道。

"好啦，"格里姆非瑟说道，"我想大家已经到齐了。让我们召开一次猫头鹰会议吧。"

"吐呼，吐呼。说得没错。你这样做完全正确，"几个声音附和着说。

"稍等片刻，"斯克罗布说道。"我想先讲点事情。"

"讲吧，讲吧，讲吧。"猫头鹰们说道，吉尔也鼓励他说："继续讲吧。"

"我猜想各位——我的意思是各位猫头鹰们，"斯克罗布说道，"我觉得你们都知道，凯斯宾十世年轻的时候曾经扬帆航海，向东直到世界的尽头。知道吗，在那次航行中，我陪在他的身边。一起出航的还有老鼠雷佩契普、德里宁勋爵和其他所有大臣。我知道，这难以置信，但是，在我们的世界里人的成长速度和你们这个世界不一样。而我要表达的是，我是国王的人，如果这次会议是要密谋反对国王，那我绝不参与。"

"吐呼，吐呼，我们也都是国王的猫头鹰啊，"猫头鹰们说道。

"那你们这么做究竟是什么意思呢?"斯克罗布问道。

"事情是这样的，"格里姆非瑟解释说。"如果摄政王小矮人特拉普金听到你们要去寻找失踪的王子，他绝对不会让你们行动的。他一定会捷足先登，把你们囚禁起来。"

"天呐!"斯克罗布说道。"你不会告诉我说，特拉普金是个背信弃义的卖国贼？我当年在海上航行的时候，常常听到很多关于他的故事，凯斯宾——我是说，国王——绝对信任他。"

"哦，不，"一个声音回答说。"特拉普金不是卖国贼。不过，曾经有三十多个骑士、马人、优秀的巨人都先后出发去寻找失踪的王子，各路勇士没有一个安然返回。最后，国王说他不打算为了自己的儿子牺牲纳尼亚的所有勇士。自那以后，谁也不允许擅自行动了。"

"可是，他一定会允许我们去的，"斯克罗布说道。"如果他知道我是谁，知道是谁派我来的。"（"是派我们俩，"吉尔插嘴说。）

"是的，"格里姆非瑟说道，"我觉得他很有可能会同意你们。可是，国王航海去了，而特拉普金一定会照章办事。他人品绝对可靠，但他耳朵全聋，脾气暴躁。你根本没法说服他，别指望他破例办事了。"

"你也许以为他会在意我们，因为我们是猫头鹰，人人都知道猫头鹰是聪明智慧的，"另一只猫头鹰说道。"可是，他现在老了，只会说'你不过是只小鸟，我是看着你从鸟蛋里孵化出来的。别想来教训我，先生。胡言乱语！'"

这只猫头鹰模仿特拉普金的声音说话，惟妙惟肖的腔调引得四周的猫头鹰都大笑起来。孩子们开始明白了，纳尼亚人民对特拉普金就如同孩子们对学校某个固执易怒的老师一样，大家都有那么一点儿怕他，大家都拿他开玩笑，但是，没有人真正讨厌他。

"国王要出海多长时间呢？"斯克罗布问道。

"我们要是知道就好了！"格里姆非瑟回答说。"你知道吗，最近有人谣传，说在群岛上见到了阿斯兰本人，我想应该是在泰勒宾西亚岛上吧。国王说，他要在有生之年再作一次努力，争取面见阿斯兰，向他请教接班人的问题。不过我们大家都很担心，如果在泰勒宾西亚岛见不到阿斯兰，他会继续向东航行，去赛文岛和孤独群岛，一直向东走下去。虽然他从来没有谈起过，但是我们都知道他从未忘记过那次天涯海角的航海。我敢确定，在内心深处，他还想再去那里。"

"这么说来，等他回来就没有意义啦?"吉尔问道。

"是的，没有意义了，"猫头鹰说道。"哦，怎么办呢! 要是你们两个了解情况，当时立刻跟他讲明一切该多好啊! 他一定会把一切安排得妥妥当当——或许会派一支军队跟随你们去寻找王子。"

吉尔静静地听着，她希望斯克罗布有足够的忍耐精神，别告诉猫头鹰事情的真相。他还真的做到了。也就是说，他压低嗓门嘀咕了一句，"其实，这不是我的错，"然后，他放大嗓门说道:

"好极了。我们只好在没有军队的情况下想办法了。不过，我还想再了解一件事情。如果这次的所谓猫头鹰会议公平公正、光明磊落、毫无恶意，你们为什么要这么行踪诡秘——这么深更半夜地跑到一片废墟上来开会?"

"吐呼! 吐呼!"几只猫头鹰起哄说。"那我们应该在哪里开会呢? 除了晚上，我们谁还会有别的时间呢？"

"你知道，"格里姆非瑟解释说，"在纳尼亚，大部分动物都有这种不同寻常的生活习惯。他们在大白天、在酷热的阳光下办事，呸！这时候大家应该睡觉。而结果呢，到了晚上，他们就两眼无光，头脑愚钝，你根本别想听到他们说句话。于是，我们猫头鹰就养成了一个习惯：当我们需要讨论问题的时候，我们就在自己感觉灵敏的时候开会。"

"我明白了，"斯克罗布说道。"那好吧，言归正传。给我们讲讲失踪王子的故事吧。"这一次，格里姆非瑟没有开腔，一只老猫头鹰讲述了下面这个故事。

这件事情发生在十年前，那时候凯斯宾的儿子瑞廉王子还是个年轻的骑士。一个五月的早晨，王子陪着母后骑马行走在纳尼亚的北部。与他们同行的还有很多乡绅和贵妇，大家头戴新鲜树叶编织的花环，身上斜挎着号角；不过，因为他们是出来庆祝五朔节的，不是狩猎的，所以身边没有带猎狗。中午天气暖和的时候，他们来到一片宜人的林中空地，一股清新的泉水从地下喷涌而出。大家跳下马背，欢快地又吃又喝。过了一会儿，王后觉得困了，大家就在草坡上铺了件斗篷让她休息，瑞廉王子和其他人员都撤到离王后稍远的地方，免得他们的说笑声吵醒她。然而，没过多久，一条巨大的毒蛇从茂密的树林里窜了出来，在王后的手上咬了一口。大家听到王后一声尖叫，连忙向她冲了过去，瑞廉第一个赶到母后身边。他看见那条毒蛇从母后身边溜走，就拔剑追了过去。那是一条闪闪发光、又大又绿的剧毒蛇，尽管看得清清楚楚，可是他实在无能为力：因为那毒蛇溜进了浓密的灌木丛中，而他根本就钻不进去。于是，他转身回到母后身边，看见大家手忙脚乱地围着她。

不过，大家的忙碌都是徒劳无益，因为瑞廉一看母后的脸色，就知道世界上没有任何药物能够拯救她的性命了。生命一息尚存的时候，她似乎在竭力挣扎，想要告诉儿子什么事情。可是，她已经口齿不清了，究竟那消息是什么已经不重要了，因为她临死也没有把话说清楚。这时离他们听到她的呼救声还不到十分钟。

他们把死去的王后运回凯尔帕拉维尔，瑞廉王子、国王和纳尼亚全国人民都沉浸在深深的悲痛中。她是一位伟大的女人，聪明智慧，优雅快乐，是国王凯斯宾从世界的最东方带回的新娘。人们说，她的脉搏里流淌着星星的血液。王子简直不能接受母后死亡的事实。自此以后，他经常骑马出没在纳尼亚的北部地区，寻找那条可恶的毒蛇，想要斩杀它为母后报仇。尽管王子漫游归来，总是神色疲惫、忧心忡忡，但是没有人对此多加留意。直到王后去世大约一个月以后，有人发现王子变了。他的眼神飘忽不定，仿佛看到某种幻象似的，虽然他整天外出，他的坐骑却丝毫没有筋疲力尽的迹象。在年长的大臣中，他最好的朋友是德里宁勋爵，这位勋爵曾经在那次伟大的航海中担任船长，与他的父王一起到过世界的最东方。

一天晚上，德里宁对王子说道，"殿下必须立刻放弃寻找那条毒蛇的念头。一条毫无思想的畜生，不能与人相提并论，您对它谈不上真正的报仇，只会白白消耗自己的身心。"

王子回答说，"我的勋爵，这个星期以来，我几乎已经忘记了那条毒蛇。"德里宁勋爵问他，既然如此，他为什么还要一再骑马去北方的树林。

"我的勋爵，"王子回答说，"我在那里看见了世界上最美丽的东西。"

"尊贵的王子，"德里宁说道，"承蒙您的厚爱，明天可否让我陪您一起骑马外出，让我也见见这个最美的东西。"

"我很乐意，"瑞廉答应道。

于是，第二天一大早，他们就套好马鞍，飞速奔向北方的树林，来到王后遇难的那个喷泉旁边。德里宁觉得很奇怪，他不明白王子为什么不选别的地方，偏偏挑中那个地方逗留。他们一直休息到正午时分，就在这时，德里宁抬起头来，看见了生平见过的最美丽的女人；那女人站在喷泉的北边，她一言不发，只是向王子招手示意，似乎叫王子去她身边。那女人身

68

材高挑、光彩照人，身上裹着一件薄薄的翠绿色外衣。王子失魂落魄地盯着她看。突然，那女人消失了，德里宁不知道她躲到了哪里。于是，两个人只好返回了凯尔帕拉维尔。德里宁觉得，这个光彩照人的绿衣女人是个妖孽。

德里宁心中纠结了很久，不知道自己该不该把这次奇遇禀告给国王，但他不想做泄露机密、搬弄是非的人，于是就对此事闭口不谈。不过事后他觉得自己当初真的应该把这件事情讲出来。因为就在第二天，瑞廉王子独自骑马外出，晚上竟然没有回来，而且自那以后，不管是在纳尼亚，还是在周边地区，没有人发现他的踪迹，也没有人见过他的坐骑、帽子、斗篷以及随身携带的任何物品。此时，内心极度痛苦的德里宁只好去拜见凯斯宾，他说："国王陛下，赶快把我当作卖国贼处死吧：因为我没有及时通报，间接害死了您的儿子。"于是，他把事情的来龙去脉讲了一遍。听完故事，凯斯宾抓起一把战斧，冲向德里宁，而德里宁则像块木头，一动不动地站在原地受死。然而，凯斯宾刚刚举起斧子，又突然扔掉，他大叫着说："我已经失去了王后和儿子，难道我还要再失去我的朋友吗？"说完，他倒在德里宁的肩膀上，拥抱着他，两个人抱头痛哭，他们的友谊没有破裂。

这就是瑞廉的故事。听完故事，吉尔说道："我敢打赌，毒蛇和那个女人是一个人。"

"对的，对的，我们和你想得一模一样，"猫头鹰们吐呼吐呼地叫着。

"不过，我们觉得她没有杀害王子，"格里姆非瑟说道，"因为没有看到尸骨。"

"我们知道她没有杀害王子，"斯克罗布说道。"阿斯兰告诉过波尔，王子还活着，只是不知道在什么地方。"

"那样更糟糕，"最老的那只猫头鹰说道。"那就意味着她想利用他干点什么事儿，她有一个推翻纳尼亚的险恶阴谋。很久很久以前，北方出现过一个白女巫，她在我们这里横行了一百年，把我们的国家全部冻成了冰天雪地。我们认为这次来的与上次那个女巫是一丘之貉。"

"那么好吧，"斯克罗布说道。"波尔和我必须去寻找这位王子。你们能不能帮帮我们？"

"你们两个有什么线索吗？"格里姆非瑟问道。

"有啊，"斯克罗布说道。"我们知道我们必须一路朝北。我们还知道我们必须到达巨人城遗址。"

听到这句话，猫头鹰们发出了更加响亮的吐呼声，他们变换着爪子，抖动着羽毛，立刻开始七嘴八舌地讲起话来。他们都表达了自己的遗憾之情，因为他们不能与孩子们一起去寻找失踪的王子。"你们想白天行走，而我们想晚上赶路，"他们解释说。"这根本行不通，行不通。"有那么一两只猫头鹰补充说，就连这座废弃的塔楼里的光线也没刚开会那会儿黑暗了，这说明会议已经开得够长了。实际上，一提到要去巨人城遗址，这些鸟儿就开始垂头丧气了。不过，格里姆非瑟还是说：

"如果他们想要走那条路——进入爱汀斯荒

原——我们必须得把他们送到沼泽怪那里。沼泽怪是唯一可以帮助他们的人。”

“没错，没错，就这么干啊，”猫头鹰们说道。

“那么。来吧，”格里姆非瑟说道。“我来带一个孩子。谁来带另一个？这个任务今晚就得完成。”

“我来吧，最远只能送到沼泽怪那里。”另一只猫头鹰说。

“你准备好了吗?”格里姆非瑟问吉尔。

“我想波尔是睡着了。”斯克罗布说道。

第五章

沼泽怪帕德格拉姆

吉尔的确睡着了。猫头鹰会议一开始，她就一直哈欠连天，此时她已经入睡了。再次被叫醒，她心里很不高兴，因为她发现自己身处一座布满灰尘的塔楼里，躺在光秃秃的木板上，这里一片漆黑，几乎挤满了猫头鹰。

听说他们还得出发去别的地方——显然不是去睡觉——而且还要骑在猫头鹰的背上。

"哦，走吧，波尔，振作点，"斯克罗布说道，"这毕竟还算是一次冒险呀。"

"我讨厌冒险，"吉尔蛮横地说。

话虽这么说，她还是顺从地爬上了格里姆非瑟的后背。他带着她飞进夜空，出人意料的寒冷空气使她彻底清醒了那么一会儿。月亮已经消失了，空中也没有星星。在她的身后，她可以看见远处地面上一扇亮着灯光的窗户，毫无疑问，那窗户位于凯尔帕拉维尔的一座塔楼里。这灯光使她渴望回到那间温馨宜人的卧室，依偎在床上，望着墙上映着的火光。她双手抓住斗篷下摆，用斗篷紧紧裹住身子。不可思议的是，不远处的夜空里竟然传来两个家伙的说话声，原来是斯克罗布正在和他的坐骑猫头鹰谈话呢。"他好像一点儿也不疲倦，"吉尔心想。其实她根本没有意识到，斯克罗布以前曾经参加过这个世界的几场轰轰烈烈的冒险活动，纳尼亚的空气正在唤醒他曾经的力量，那是他当初跟随凯斯宾国王航行去东部海域时候获得的力量。

为了保持清醒，吉尔不得不一直掐掐自己的身体，因为她知道，如果在格里姆非瑟的背上打盹儿的话，她就可能会摔下去。终于，两只猫头鹰结束了飞行，吉尔手脚僵硬地从格里姆非瑟身上爬了下来，落在平地上。迎面吹来一阵冷风，显然，他们停在了一个没有树木的地方。

"吐呼，吐呼！"格里姆非瑟喊道。"醒醒，帕德格拉姆，醒醒。这是狮王的差事。"

叫了很长时间也不听见回音。后来，远处出现了一片微弱的灯光，那灯光越来越近。一个声音随之传来。

"猫头鹰，你们好！"那声音说道。"发生什么事啦？是国王去世啦？敌人登陆纳尼亚国土啦？发生洪水啦？还是龙来啦？"

等到灯光靠近身边，他们才看清那是一个大灯笼。

吉尔根本看不清举灯笼的那个人。他似乎长满了胳膊和腿脚。猫头鹰正在和那个人交谈，向他解释事情的来龙去脉。不过吉尔太累了，根本听不清他们的谈话。等他们向她道别的时候，她才勉强让自己清醒了一下。不过自那以后，她又记不清任何事情了。她和斯克罗布弯腰走进一个低矮的门道，（哦，谢天谢地）躺在一个又柔软又暖和的东西上面，一个声音说道：

"你们到了。我们已经尽力而为了。你们得在潮湿阴冷、硬邦邦的地方躺着，这一点儿也不奇怪。即使没有雷雨，没有洪水，棚屋不坍塌倒在身上，也许你们都根本合不上眼，我以前就碰到过这种事情。你必须得学会将就——"不过，话没讲完，她已经呼呼大睡了。

第二天早上，孩子们醒得很晚，他们发现自己躺在一个黑暗的地方，稻草铺就的床铺又干燥、又暖和。光线从一个三角形的窗户照了进来。

"我们究竟在哪里呀?"吉尔问道。

"在一个沼泽怪的棚屋里，"尤斯塔斯回答说。

"一个什么?"

"一个沼泽怪。别问我什么是沼泽怪。昨晚我根本看不清楚。我要起床了。我们过去找找看。"

"穿着日常衣服睡觉，醒来可真难受，"吉尔一边说着，一边坐了起来。

"我倒觉得起床不用换衣服是件很妙的事情呢，"尤斯塔斯说道。

"我看，不洗漱也是件很妙的事情，对吧，"吉尔轻蔑地说道。不过，斯克罗布已经起床了，他打着哈欠，活动着筋骨，爬出了棚屋。吉尔也跟着爬了出去。

他们在外面看到的景象与昨天在纳尼亚看到的大不相同。这是一片辽阔的平原，平原被无数的水渠分割成数不胜数的小岛。小岛上覆盖着野草，野草周围是芦苇和灯心草。平原间偶尔会有一片片一英亩见方的灯心草草圃。成群结队的鸟儿在草铺上不断地起起落落：有鸭子，有沙锥鸟，有麻鸦，还有白鹭。四周星罗棋布地散落着很多棚屋，这些棚屋和他们昨晚住过的屋子大同小异，只不过彼此之间有一段距离罢了：因为沼泽怪不喜欢外人干扰。放眼望去，除了西边和南边几英里以外看得到森林的边缘，其他地方没有一棵树。平坦的沼泽地一直向东延伸，在地平线附近与低矮的沙丘相连，风从那个方向刮来，带着一股浓烈的咸味儿，你因此可以判断海洋就在那里。北面是低矮的灰白色山丘，山丘上到处筑着石头堡垒。其他地方都是平坦的沼泽。如果遇到潮湿的夜晚，这地方一定让人心情沮丧。在晨曦的照耀下，清新的风迎面吹来，空中充斥着鸟鸣声，这个人迹罕至的地方看起来还算晴朗、清新、干净。孩子们感觉精神抖擞了。

"不知道那个什么玩意儿去哪里啦？"吉尔问道。

"沼泽怪，"斯克罗布骄傲地回答道，仿佛知道这个称呼就了不起似的。"我猜想——嗨，那个一定就是他。"这时候他们两个都看见了那个家伙，他正坐在五十码以外，背对着他们钓鱼呢。起初他们没看见他，因为他的身体和沼泽地的颜色一模一样，而且，他坐在那里，一动也不动。

"我想我们最好还是上去跟他谈一谈。"吉尔说道。斯克罗布点点头。两个人都觉得有点紧张。

他们走近时，那个身影回过头来，露出一张瘦长

78

的脸，他没留胡子，两颊深陷，嘴巴紧闭，鼻子尖长。他头戴一顶又高又尖的帽子，活像教堂的尖塔，帽子的周围有一个巨宽无比的帽檐。他的头发，如果可以称得上是头发的话，从两只巨大的耳朵上面披了下来，头发的颜色灰中带绿，每根头发都不是圆的，而是扁的，看上去活像一根根芦苇。他神情肃穆，脸色泥泞，一看就知道他对生活的态度是严肃的。

"早上好，客人们，"他说道。"我问你们好，意思并不是说天就不会下雨，也不会下雪、不会下雾、不会打雷。我敢说，你们昨晚根本就没睡着。"

"可是，我们睡着了，"吉尔回答说。"我们昨晚睡得很好。"

"啊，"沼泽怪一边说，一边摇了摇头。"我看得出，你们是苦中作乐，随遇而安。这样做是对的。你们两个很有教养，你们学会了积极乐观地看待事情。"

"对不起，我们还不知道您的尊姓大名，"斯克罗布问道。

"我叫帕德格拉姆，如果你们忘了我的名字也没关系，我可以随时再告诉你们。"

两个孩子一边一个靠着他坐了下来。这时候他们才发现他的双腿和胳膊都很长，因此，尽管他的身体与小矮人们差不多大，但是他站起来的时候却比大多数人都高。他的手指上有蹼，像青蛙的爪子，在泥水中晃荡的双脚也长着蹼。他身穿宽松的衣服，衣服的颜色与泥土一模一样。

"我正想抓些鳗鱼炖了给你们做饭吃，"帕德格拉姆说道。"不过，如果一条鳗鱼也抓不到，我也不应该感到困惑。反正就算我抓到了，你们也不会喜欢吃的。"

"为什么?"斯克罗布问道。

"为什么，你们如果喜欢我们这里的食物，那是不合常理的，尽管我丝毫不怀疑你们两个会装作满不在乎的样子。不管怎么说，我抓鱼的时候，你们两个能不能想办法把火生起来——试试看嘛——! 木柴就在棚屋后面，可能还是湿的。你们可以在棚屋里面生火，那么我们大家的眼睛就会受到烟熏。你们也可以到屋外生火，如果下雨，雨水会浇灭火苗。这是我的打火匣，我猜你们不知道怎么使用吧？"

其实，斯克罗布在上回的冒险活动中已经学会生火这类本领了。两个孩子跑回棚屋，找到了木柴（木柴完全是干燥的），没费吹灰之力就成功地生起了一堆火。接着，斯克罗布坐下来照看火堆，吉尔则到最近的水沟去洗漱——洗得并不彻底——洗完之后，吉尔过去照看火堆，斯克罗布则去洗脸。此时，两个人觉得头脑比以前清醒多了，肚子也变得饥肠辘辘了。

不久，沼泽怪就回来了。尽管他自己估计一条鳗鱼也抓不到，而实际情况则是：他抓了十几条鳗鱼，而且还把鳗鱼清洗得干干净净，连皮都已经剥掉了。他把一口大锅放到火上，又添了一把木柴，点上了烟斗。

沼泽怪抽的烟草非常奇特，味道很重，有人说他们在烟草里混了泥巴。孩子们发现帕德格拉姆烟斗里的烟几乎不往上空飘，这烟蹿出烟斗，向下飘去，顺着地面像一层薄雾四处流动。这股浓黑的烟草味熏得斯克罗布直咳嗽。

"好啦,"帕德格拉姆说道。"这些鳗鱼要煮很长时间,没准儿还没等鳗鱼煮熟,你们中间就有一个饿晕了。我认识一个女孩——不过我最好还是不要告诉你们那个故事。你们听了会扫兴的,这种事情我从来不做。为了让你们的注意力不要总集中在饥饿上,我们不妨先谈谈我们的计划吧。"

"没错,让我们谈谈吧,"吉尔说道。"你能帮助我们寻找瑞廉王子吗?"

沼泽怪用力吸吮着双颊,双颊越陷越深,凹成一副难以想象的样子。"其实,我不知道你们把这个称作帮助,"他说。"我不知道谁能够正好帮上这个忙。显而易见的是,在这个季节里,我们不可能往北走得太远,因为冬天马上就要到了。况且,根据我的观察,今年冬天来得早。不过,你们不必因此情绪低落。我们很有可能根本就不会注意到天气的变化,因为我们要对付敌人,要攀爬高山,要渡江过河,我们还有可能会迷失方向,要忍饥挨饿,还有可能会手脚疼痛。而且，如果我们走不远，成不了什么事，我们就不必急着回来，可以继续前进，去更远的地方。"

两个孩子都注意到他说的是"我们"，不是"你们"，于是异口同声地欢呼起来。

"你会和我们一起去吗？"

"哦，是的，我当然会去的。不妨一起去嘛，你们懂的。既然国王已经出海航行去了国外，我们也不指望他能够回到纳尼亚了；他走的时候咳嗽得很厉害。再说特拉普金吧，他的身体也每况愈下。今年夏天奇旱无比，秋天肯定会遇上歉收。要是有什么敌人进攻我们国家，我一点儿也不觉得意外。记着我的话好了。"

"那么，我们该怎么开始呢？"斯克罗布问道。

"唔，"沼泽怪慢条斯理地回答说，"德里宁勋爵在一个喷泉旁边看到了那个女人，而所有寻找王子的人都是从那个喷泉出发的。他们大都朝北行走。因为没有一个人活着回来，所以我们无法判断他们究竟进展如何。"

"我们必须先找到巨人城废墟，"吉尔说道。"阿斯兰是这么说的。"

"必须先找到巨人城废墟，对不对？"帕德格拉姆说道。"不允许先寻找？"

"当然，我的意思是先寻找，"吉尔解释说。"然后，等我们找到的时候——"

"是啊，什么时候才能找到啊！"帕德格拉姆一本正经地说道。

"有谁知道这地方在哪里吗？"斯克罗布问道。

"我不知道有谁知道，"帕德格拉姆回答说。"而且我不会告诉你说，我没听说过废墟城。不过，你们不必从喷泉那里出发。你们必须得穿过爱汀斯荒原，废墟城应该就在那里，如果说有那么座城市的话。不过，和大多数人一样，我也曾朝着那个方向走了很远，可是我从来没见过什么废墟，所以，我不想误导你们。"

"爱汀斯荒原，在哪里？"斯克罗布问道。

"从这里向北望过去，"帕德格拉姆一边说，一边用烟斗比划着。"看见那些小山和悬崖了吗？那就是爱汀斯荒原开始的地方。不过，荒原和我们之间隔着一条河；这条河名叫施雷波尔，当然了，河上没有桥。"

"没关系，我们可以蹚水过去，"斯克罗布说道。

"是啊，已经有人蹚过水了，"沼泽怪承认说。

"也许我们会在爱汀斯荒原上遇到什么人，这些人可以给我们指路。"吉尔说道。

"你算是说对了，你们会遇到一些人，"帕德格拉姆说。

"那里住的是什么样的人?"吉尔问道。

"我不应该因为他们自行其是就说他们不好，"帕德格拉姆回答说。"如果你们欣赏他们那一套的话。"

"你可以说他们不好，"吉尔催促他说。"这个国家稀奇古怪的动物太多了。我的意思是，这些人究竟是动物呢，鸟类呢，小矮人呢，还是别的什么?"

沼泽怪吹了声长长的口哨。"吁!"他说道。"你们不知道吗？我以为猫头鹰已经告诉你们了。那里的居民是巨人。"

吉尔有点畏缩了。她从不喜欢巨人，就连书本里的巨人她也不爱看，有一次做噩梦，她还梦见过一个巨人。这时候，她看见斯克罗布的脸色已经变绿了，于是她自言自语道，"我敢打赌，他比我还胆小呢。"一想到这里，她觉得自己比以前勇敢多了。

"很久以前，国王曾经告诉我，"斯克罗布说道，"——那时候我和他一起航海——他说，他曾经在战争中把那些巨人打得一败涂地，还迫使他们向他进贡。"

"这倒是千真万确，"帕德格拉姆说道。"他们与我们相安无事。只要我们待在施雷波尔河自己这边，他们绝对不会伤害我们。可是，如果我们去他们那边，去荒原上——总会有点冒险。如果我们不接近任何巨人，如果他们中没人忘乎所以，如果我们没有被他们发现，那我们就有可能走得很远。"

"听我说！"斯克罗布突然大发雷霆，如果受到惊吓，人们通常很容易发脾气。"我不相信事情有你说的一半那么糟糕；你说棚屋里的床很硬，还说木柴很湿，结果都不像你描述的那样吓人。如果说这件事情毫无希望的话，阿斯兰就不会派我们来这里。"

他原以为沼泽怪会怒气冲冲地回答他，没想到他只是说，"这是一种精神，斯克罗布，我们应该这样谈话。装作一副满不在乎的样子。不过，我们一定要小心翼翼，克制自己的情绪，因为我们得在一起度过所有的艰难时刻。你知道，争吵是毫无意义的。至少，我们不能一开始就吵架啊。我知道，远征队伍都是这样收场的：队员们互相残杀。对此，我一点儿也不觉得意外，不过，我们可以让这种事情稍微推迟一点发生——。"

"好啦，如果你觉得毫无希望，"斯克罗布打断了他的话。"我觉得你还是留在后方。波尔和我两个人去，行不行，波尔？"

"闭嘴！别犯傻啦，斯克罗布，"吉尔急忙阻止说，她生怕沼泽怪把斯克罗布的话当真了。

"不要灰心丧气，波尔，"帕德格拉姆说道。"毫无疑问，我一定会去的。我可不打算错失这样的机会。这机会对我有益无害。他们都说——我的意思是，其他沼泽怪都说——说我这个人朝三暮四，反复无常，对生活的态度不够严肃。只要有一个人这么说了，那就会众口铄金。'帕德格拉姆，'他们说，'你总是情绪高涨、思维活跃，你一定得记住：生活不会全是炖煮青蛙和鳗鱼馅饼。你需要经历些事情，让自己变得严肃起来。我们之所以这么说，完全是为了你好，帕德格拉姆。'这就是他们对我说的话。眼前这份差事恰恰就是我需要经历的——刚一入冬就开始北上，去寻找失踪的王子，而王子或许根本就不在那里，取道一个根本没人见过的废墟城。如果这样的差事还不能让一个人沉着冷静，我就不知道还有什么好办法了。"他一边说，一边揉搓着那双青蛙爪子似的大手，仿佛他谈论的是一个即将举行的社交聚会或者哑剧表演。"好啦，"他补充说，"我们去看看鳗鱼煮得怎么样了。"

这道菜真是美味可口，孩子们都吃了两大份。一开始，沼泽怪不相信两个孩子会真心喜欢，可是，看到他们吃了那么多，他也只好信以为真了，不过，他仍旧不依不饶地说这种饮食可能不合他们的胃口。"沼泽怪的食物也许就是人类的毒药，这一点我毫不怀疑。"他说道。

吃完饭，他们又开始喝茶，茶叶装在一个铁皮盒子里。帕德格拉姆举起一个正方形的黑瓶子咕咚咕咚喝了好几口，他还邀请两个孩子一起共享，不过，孩子们觉得这玩意儿很难喝。

余下的时间，他们开始为第二天早早动身作准备。显然，帕德格拉姆是年龄最大的，他声称自己愿意背上三条毯子，里面裹进一大块熏肉。吉尔负责带上吃剩的鳗鱼、饼干和打火匣。斯克罗布负责带上自己和吉尔不穿的斗篷。

上次在凯斯宾带领下去东方航海的时候，斯克罗布曾经学了些射箭术。所以他又随身携带了帕德格拉姆的一张好弓，而帕德格拉姆本人，除了一把剑，他还随身带了一张自己最好的弓：不过他又说，有时候受风的影响，有时候弓弦会受潮，有时候光线不太好，有时候手指会冻僵，所有这些因素加在一起，他们两个射中目标的可能性微乎其微。斯克罗布也把凯尔帕拉维尔王宫里的宝剑带来了。吉尔只好将就着随身带了把匕首。几个人本来还为此大吵了一架，不过，刚开始争吵，沼泽怪就揉搓着双手说道："啊，我没说错吧。果然不出我的所料。冒险活动总会发生这种事情。"听了这话，两个孩子都闭口不语了。

三个人早早进了棚屋上了床。这一次，两个孩子真的没睡好。因为临睡前，帕德格拉姆对他们说，"你们两个最好想方设法睡会儿觉；我可不希望我们三个人都整晚不合眼。"话音刚落，他就鼾声如雷。最后，吉尔终于在煎熬中设法入睡了，她整晚都在做梦，梦里全是嘈杂的路面钻孔机、瀑布和奔驰在隧道里的快速列车。

第六章

北方的荒原

第二天早上九点左右，只见三个孤零零的身影沿着浅滩，踩着脚踏石穿过了施雷波尔河。溪水很浅，溪流淙淙。到达对岸的时候，连吉尔的膝盖都没有溅湿。前方大约五十码，地面就开始升高，进入荒原地界，四处可见悬崖，到处都是峭壁。

"我想我们该走那条路！"斯克罗布一边说，一边指了指左边朝西的地方，那里有一条小河穿过浅浅的峡谷，从荒原顺流而下。但是，沼泽怪摇了摇头。

"巨人们大部分都沿着那条峡谷居住，"他说道。"可以说，那条峡谷就是他们的街道。我们最好还是一直往前走，尽管路途有点崎岖陡峭。"

这时候，他们发现一个可以攀爬的地方，大约十分钟以后，他们已经爬上了山顶，站在那里，气喘吁吁。他们回头望了一眼纳尼亚的山谷，转身面向北方。寂寞辽阔的荒原一望无垠，左边是峻峭的岩石地面，吉尔觉得那一定是巨人峡谷的边缘地带，她看也没看就和他们一起出发了。

地面又松又软，踏上去非常舒适，冬日微弱的暖阳照耀着大地。

越深入荒原，孤独凄凉的感觉就越强烈：耳畔回响着田凫的叫声，眼前偶尔会有老鹰掠过。走了一个多小时，他们停下来休息，在溪边的小坑里喝了点儿水。吉尔开始觉得自己归根结底还是喜欢冒险活动的，于是，她把这个想法说了出来。

"我们还没怎么冒险呢，"沼泽怪对她说。

就像课间休息之后，或者中途转车之后，第一次休息之后，大家走起路来和以前大不相同。重新出发以后，吉尔发觉峡谷的岩边越来越近。岩边的石头也不再平整，比以前更垂直、更陡峭了。事实上，他们就像一座座堆砌的石塔。那形状看上去又稀奇，又古怪。

"我确信，"吉尔心想，"所有关于巨人的故事都跟这些奇形怪状的岩石有关。如果在天快黑的时候来这里，你很容易会把那一堆堆的岩石当作巨人。喂，看那块石头，你们肯定会以为顶上的那个大肿块就是他的脑袋。虽然这脑袋稍微大了点儿，与身体不怎么相称，但是对于丑陋的巨人来说已经够好了。再看看那些浓密的玩意儿——我想那应该是石南或者鸟窝吧——倒是可以作巨人的头发或胡子。两边突出来的石块看上去很像是耳朵。这耳朵虽然大得离谱，可是我觉得巨人就应该有大耳朵，就像大象那样。然后嘛，哦——哦——！"

她的血液顿时凝固了。那家伙动起来了。原来是个真正的巨人。一点儿也没错，她亲眼看见那家伙扭了扭头，还瞥见他又大又肿、愚蠢迟钝的脸庞。周围的那些都是巨人，根本不是什么岩石。

四五十个巨人并排站着，他们脚踩峡谷，手肘搁在峡谷边上，像一群吃完早饭的懒汉，在一个晴朗的早上，斜靠在墙上。

"一直往前走，"帕德格拉姆低声说道，显然，他也注意到那些巨人了。"不要朝他们看。无论发生什么事情，不要跑。否则他们会立刻追上来的。"

于是，他们继续前进，假装根本没有看见那些巨人。这正如我们从一间养着恶狗的屋子门前经过，只不过更吓人罢了。路上有很多这样的巨人，他们看上去既不生气，也不友善，似乎根本不在乎眼前这几个人。种种迹象表明：他们根本就没有看见这几个行人。

这时候，只听得"嗖—嗖—嗖—"，一个沉甸甸的物体飞向空中，随着一声巨响，那东西落在他们眼前二十步的地上。接着，"砰！"第二块物体落在他们身后二十英尺的地方。

"他们是在袭击我们吗？"斯克罗布问道。

"不，"帕德格拉姆回答说。"如果他们想要袭击

94

我们，我们反而更安全了。他们是想袭击右边的那个石堆。你知道的，他们根本就投不中。他们的投掷技术很差，所以我们都很安全。晴朗的早上，他们喜欢比赛投掷打靶。就凭他们的智商，也只能学会这样的游戏。"

那段时间真恐怖。巨人排成的长队似乎看不到头，他们不停地投掷石头，有些石头就落在他们脚边。除了这些真正的危险，看看他们的脸庞，听听他们的声音，谁都会惊恐害怕，吉尔想方设法避开了他们。

过了大约二十五分钟，巨人们显然发生了口角，投掷游戏这才告一段落。不过，这群吵吵嚷嚷的巨人离他们不到一英里，这可不是件有趣的事情。巨人们脾气火爆，互相戏弄，他们胡言乱语，每个单词足有二十多个音节。愤怒的巨人口吐白沫，叽里咕噜，胡蹦乱跳，每跳一次，都像炸弹一样震撼着大地。他们用笨重的大石锤敲打彼此的脑袋，因为头脑太硬，大石锤砸下去竟然会反弹回来，击痛抢石锤的巨人的手指，那家伙就会甩掉石锤，痛得大喊大叫。不过，这家伙可真够笨的，一分钟以后，他又会重复同样的事情。不过归根结底，这倒是件幸运的事情，因为一个小时以后，所有的巨人都痛得坐了下来，放声痛哭。他们一旦坐下去，脑袋就会放低，钻到峡谷的边缘下面，看不见了，不过吉尔依然可以听到他们又哭又闹、互相厮打的声音，走出一英里之外，那声音依然回荡在耳畔。

那天晚上，他们在光秃秃的荒原上露营；帕德格拉姆亲自示范，让孩子们背靠着背睡觉，这样可以彼此取暖，还可以充分利用毛毯，因为每个人身上就可以盖上两层毛毯。即使这样，他们依然感到寒气逼人，地面崎岖不平，又粗又硬。沼泽怪告诉他们，再过些日子，越往北走，天气就会更加寒冷。只要这样安慰自己，心情就会好很多。然而这种方法似乎并不奏效，孩子们依然情绪低落。

他们在爱汀斯荒原上穿行了好几天，为了节省熏肉，他们主要以尤斯塔斯和沼泽怪射杀的鸟类为食。

当初和凯斯宾国王航海的时候，尤斯塔斯学会了射箭，这门技艺让吉尔羡慕不已。他们从来不缺少水源，因为荒原上遍布着无数条小溪。吉尔弄不明白，书本里为什么只写人们以狩猎为生，却不说明为那些死鸟拔毛，把它们清洗干净，是件又脏又累又费时的工作，这活儿还会弄得你手指冰凉。不过，庆幸的是，他们几乎再没有遇到过什么巨人。只有一个巨人看见他们，不过他只是咆哮着大笑了一声，然后就踉踉跄跄地走开了。

大约第十天的时候，他们来到一个地方，这里的地形发生了改变。这是荒原的边缘，俯瞰下去，一条长长的陡坡通向一个完全不同的更加崎岖的地方。陡坡尽头就是悬崖，悬崖的另一边，是一个崇山峻岭的国家。那里有黑沉沉的悬崖峭壁，有乱石林立的河床，狭窄幽深的山谷一眼看不到底，河流从回声隆隆的峡谷里奔涌而出，冲进漆黑的深渊。当然，还是帕德格拉姆经验丰富，他发现远处的山坡上有些积雪。

"不过，山坡北面的积雪会更多，这个我一点儿也不觉得意外，"他补充说。

他们花了很长时间才到达山坡坡底，站在坡底的悬崖上往下望去，只见一条河流从他们脚底下自西向东奔腾而过。河流的两岸远近都是悬崖峭壁，河水清澈碧绿，水面没有阳光，险滩和瀑布随处可见。水流的咆哮声震撼着大地，连他们站着的地方也不例外。

"凡事要往好的一面想想，"帕德格拉姆说道，"如果我们爬下悬崖时扭断脖子丧了命，那我们就不用淹死在这条河里了。"

"那是什么？"突然，斯克罗布一边朝左指着上游，一边说。

大家顺着他的手指望去，看见了他们意外中的意外——一座桥梁。

而且，这是一座巧夺天工的桥梁！整个桥梁只有一个巨大的单拱，这单拱横跨峡谷，两端分别耸立在悬崖顶部的上空，就像圣保罗教堂的圆顶高高耸立在街道上空一样。

"哎呀，这一定是一座巨人桥！"吉尔说道。

"或许更像是一座巫师桥，"帕德格拉姆说道。"在这种地方，我们必须留神，看看有没有魔法。我觉得这是一个圈套。等我们走到中间的时候，桥梁会变成薄雾，立刻散去。"

"哦，看在上帝的分上，别这么扫兴煞风景，"斯克罗布说道，"为什么它就不能是一座正常的桥梁呢？"

"你们觉得我们见过的那些巨人有能力建造一座这么完美的桥梁吗？"帕德格拉姆问道。

"可是，这桥会不会是别的巨人建造的？"吉尔问道。"我的意思是说，建桥的会不会是生活在几百年前的巨人，那时候的巨人比这些现代巨人要聪明得多。也许修建这座桥梁的巨人也建造了我们即将寻找的巨人城呢。这样说来我们这一路走对了——古老的桥梁带领我们走向古老的城市！"

"你可真有灵感，波尔，"斯克罗布说道。"应该就是这么回事儿。我们走吧。"

于是，他们转身朝着桥梁走去。走到桥边的时候，他们发现这桥看上去确实很结实，每一块石头都巨大无比，像英国史前巨石阵上的石头，每一块石头想必都是由能工巧匠切割而成，不过，现在已经出现裂缝，有些破损了。显而易见，桥梁的栏杆上曾经布满了富丽堂皇的雕刻，如今还留下许多遗迹：有巨人的脸部和身体雕塑，有人面牛身怪、乌贼、蜈蚣雕像，还有很多令人敬畏的神灵的雕像。虽然对这座桥的安全心存疑虑，帕德格拉姆还是答应要和孩子们一起过桥。

他们费了九牛二虎之力才爬上拱桥桥面。桥上有很多大石头都已经脱落，留下一道道可怕的缺口，从缺口处往下望去，可以看见数千英尺以下的河流翻滚着泡沫。一只老鹰从他们脚下盘旋而过。越往上走，天气变得越冷，狂风吹得他们站立不稳。桥面也似乎在跟着摇晃。

他们来到桥顶，俯视远处的斜坡，只见一条大路从他们眼前延伸而去，一直通向群山深处。这条大路看起来像是古代巨人留下的遗迹。路面上很多石头都不翼而飞，残留的石头之间长满了大片大片的杂草。在这条古老的道路上，两个标准的成年人骑着马朝他们跑来。

"继续前进。迎着他们走过去，"帕德格拉姆说道。"凡是在这种地方遇到的人都不大可能是敌人，但是我们千万不能让他们感觉到我们心怀恐惧。"

他们刚刚走下大桥，踏上草地，那两位陌生人就来到了近前。其中一位是骑士，他全副武装，身穿黑色盔甲，头戴黑色面罩，连胯下的坐骑也是黑色的；他的盾牌上没有象征家庭地位的徽章，长矛上也没有象征爵位的小旗。另一个人是位女士，骑着一匹白马，那白马着实可爱，你恨不得亲吻它的鼻子，喂它一块糖吃。那位女士骑着女鞍，侧身坐在马上，她身穿薄如蝉翼、随风飘动的绿色长裙，样子更加可爱迷人。

"你们好，游—客—们，"她的声音温柔甜美，卷舌音令人如痴如醉，听起来就像最快乐的鸟儿在歌唱。"你们中有两个小家伙不辞劳苦，是来这里朝圣的吧？"

"也许可能是吧，夫人，"帕德格拉姆心怀戒备，生硬地回答说。

"我们想要寻找巨人城废墟，"吉尔回答说。

"巨人城废墟？"女士说道。"你们寻找的地方很奇怪。如果找到了这个地方，你们想要干什么？"

"我们就要——"吉尔刚要开口，帕德格拉姆打断了她的话。

"请原谅，夫人。我们不认识您和您的朋友——他是个沉默寡言的家伙，对不对？——你们也不认识我们。如果您不介意的话，我们不想在陌生人面前谈论自己的事情。天好像快要下雨啦，您觉得呢？"

那位女士笑了，那笑声要多优美有多优美，要多动听有多动听。"好啊，孩子们，"她说道，"你们带了一个智慧、严肃的老向导。他虽然守口如瓶，但是我依然尊重他，不过，我倒乐于坦白我的观点。我经常听到巨人城废墟这个名字，可是从来没有遇到过谁可以告诉我去那里的路线。这条路通向哈尔方城堡，那里住着文雅的巨人：他们性格温和，举止文明，精明节俭，为人谦逊。而爱汀斯荒原上的那些巨人则是愚蠢鲁莽，野蛮凶残，兽性十足。不论你们在哈尔方能不能打听到废墟城的消息，有一点是肯定的：你们一定能够找到舒服的住所和好客的东道主。你们最好在那里过冬，或者，至少在那里住上几天，这样可以缓解疲劳、恢复体力。在那里，你们可以洗蒸汽澡，睡柔软的床，在明亮的壁炉前享受一日四餐：有烤的，有烘的，有甜的，有辣的。"

"啊呀！"斯克罗布大叫起来。"这才像个样子！想想看，又可以睡在床上了。"

"是啊，还可以洗热水澡，"吉尔说道。"你觉得他们会邀请我们住下来吗？你知道的，我们不认识他们。"

"只要告诉他们，"那位女士回答说，"绿衣夫人派你们向他们致敬，还给他们送来两个美丽的南方孩子，以备秋季的盛宴。"

"哦，谢谢您，非常感谢您，"吉尔和斯克罗布齐声说道。

"不过，你们得留点儿神，"那位女士说道。"无论你们哪天到达哈尔方，你们不能太晚去敲门。那里的人中午刚过几小时就会关闭大门，而他们城堡里的习俗是：一旦插上门闩，他们就再也不会给任何人开门，不管你怎么用力敲门也无济于事。"

孩子们两眼发亮，再次向她致谢，那位女士向他们挥手道别。沼泽怪脱下尖角帽子，身体僵硬地鞠了个躬。

那位沉默的骑士和夫人骑着马沿着斜坡走上了大桥，桥上响起了一阵嘎达嘎达的马蹄声。

"好啦！"帕德格拉姆说。"我真想知道她从哪里来，又要去哪里。在巨人国的荒岛上不该遇到这样的人，对不对？我敢肯定，她不怀好意。"

"你胡扯！"斯克罗布说道。"我觉得她简直好极了。我还憧憬着热饭热菜和温暖的房间呢。真希望哈尔方离这里不要太远。"

"彼此彼此，我也有同感，"吉尔说。"她穿着那

104

么美丽诱人的衣服。还有那匹可爱的马!"

"尽管如此,"帕德格拉姆说,"我还是希望我们对她再多点了解。"

"我本来打算让她介绍自己的,"吉尔说。"可是,如果不告诉她我们的事情,我又怎么能够了解她的情况呢?

"是的,"斯克罗布说道。"你还那么语气生硬,不近人情。难道你不喜欢他们吗?"

"他们?"沼泽怪问道,"他们是谁? 我只看见了一个人啊。"

"难道你没看见那个骑士?"吉尔问道。

"我只看见了一套盔甲,"帕德格拉姆说。"他为什么不说话?"

"我想他是害羞吧,"吉尔说道。"又或许他只想看着她,倾听她美妙的声音。我敢确定,如果我是他,我也会这么做。"

"我真想知道,"帕德格拉姆说,"如果掀起头盔的面罩往里面看,你们会看到什么?"

"岂有此理，"斯克罗布说道。"想想那盔甲的形状！那里面不是人还会是什么？"

"如果是骷髅呢？"沼泽怪阴阳怪气地笑着问道。

"要不然，"他想了想，又补充说，"或许里面什么也没有。我的意思是说，你们什么也看不见。里面是个隐形人。"

"说实在的，帕德格拉姆，"吉尔不由得打了个寒战，"你心里总有最可怕的念头。这些念头是怎么产生的？"

"哦，别理他的什么念头！"斯克罗布说道。"他总是往最坏处想，他的判断总是错的。我们还是想想那些文雅的巨人吧，尽量快点赶到哈尔方。我真想知道哈尔方离我们究竟有多远。"

这一回，正如帕德格拉姆预料中的那样，他们险些发生了争执；这并不是说，吉尔和斯克罗布以前没有吵架斗嘴，没有互相指责，只是说他们之间第一次产生了严重分歧。帕德格拉姆根本不同意大家去哈尔方。他说，他不明白巨人们的所谓"文雅"是怎么回事儿，还说，阿斯兰的暗号里也没有提到要去拜访巨人，更谈不上什么文雅不文雅。两个孩子因为厌倦了凄风苦雨，厌倦了篝火上烧烤的皮包骨头的鸟肉，厌倦了又硬又冷的地铺，他们下定决心要求去拜访文雅的巨人。最后，帕德格拉姆只好做出让步，不过他提了一个条件：两个孩子必须绝对保证，没有他的许可，谁也不许告诉文雅的巨人他们来自纳尼亚，也不许说他们正在寻找瑞廉王子。两个孩子答应了他的要求，大家又继续上路了。

自从和那位女士交谈以后，情况急转直下，具体表现在两个方面。首先，旅途更加艰险了。眼前的道路直通无边无际的山谷，狭窄的山谷下吹来凛冽的北风，不停地刮在他们的脸上。与荒原上情况完全不同，这里没有可以生火的木柴，也没有可以宿营的小洞穴。地面上全是乱石，白天走路你会脚痛，晚上睡觉，你会浑身发痛。

其次，不管那位女士出于何种目的，她给孩子们描述了哈尔方的美景，这美景在孩子们身上反而起了坏作用。他们满脑子都是舒适的床铺、热饭热菜和热水澡，他们憧憬着室内的温馨生活，除此之外，心无旁骛。他们再也不提阿斯兰的名字，甚至连失踪的王子也绝口不提。吉尔也放弃了她每天早晚默背暗号的习惯。开始，她自我安慰说，自己太累了暂时不背诵了。可是很快，她就把这事忘了个一干二净。你也许以为，一想到哈尔方的美好生活，孩子们会心情愉悦，然而事与愿违，这种念头反而使他们更加暗自伤心，对彼此更加脾气暴躁。

终于，一天下午，他们走到了峡谷的开阔地，开阔地的两边矗立着黑漆漆的冷杉树。他们向前张望，发现自己已经穿过了群山。眼前是一片荒无人烟、乱石丛生的平原；平原外面，又是群山，山顶上覆盖着白雪。平原和群山之间耸立着一座小山，山顶虽然参差不齐，地势却相对比较平坦。

"看啊！看啊！"吉尔一边指着平原对面，一边喊道；顺着她的手势，透过渐渐苍茫的暮霭，在平坦的小山之外，大家看到了灯光！灯光！不是月光，不是火光，只是一排亮着灯光的窗户，平平常常，令人欢欣。如果你从来没有连续几个星期在荒野中日夜兼程、长途跋涉，你就不会理解他们此时激动的心情。

"哈尔方！"斯克罗布和吉尔兴高采烈，激动万分地叫了起来；"哈尔方！"帕德格拉姆也重复了一遍这个地名，不过他的声音有气无力，令人沮丧。不过，他又补充了一句，"哈罗！野鹅！"他一边说一边立刻从背后抽出了弓箭，射中了一只大肥鹅。天色已晚，想要当天抵达哈尔方是不可能了。

不过他们吃了顿热饭，还生了堆火，前半夜是一个星期以来最暖和的夜晚。火灭了以后，夜晚变得刺骨寒冷，第二天醒来的时候，毯子上结了一层硬邦邦的霜冻。

"没关系的！"吉尔一边跺脚一边说道。"今晚就可以洗热水澡啦！"

第七章

沟槽纵横的小山

不可否认的是，这一天的天气非常糟糕。天上没有太阳，浓云密布，一场大雪即将降临；脚下一层黑霜；寒风吹过，几乎可以刮掉人的脸皮。踏上平原，他们才发现这段古道比他们之前见到的道路更加破败。他们不得不择路而行：一会儿踩在大石头上，一会儿穿行在鹅卵石间，一会儿又跨过碎石堆。行路难，脚更痛。更重要的是，无论有多疲劳，他们也不能驻足休息，因为天气实在是太冷了。

大约十点钟的时候，天空开始飘起小雪，零星的雪花落在吉尔的胳膊上。十分钟后，雪花变得浓密起来。

二十分钟以后，地面明显地变白了。过了半小时，一场持续不断的暴风雪降临了，暴雪扑面而来，几乎挡住了他们的视线，看情形似乎要持续一整天。

为了能够理解后面发生的事情，你必须牢记：他们几乎什么也看不见。一座低矮的小山把昨晚亮着窗户的地方挡住了，走近这座小山时，他们根本没有看见那个亮灯的地方。想看清楚眼前几步都很艰难，你必须得眯起双眼，凝神细看。当然了，一路上他们谁也不说话。

到达山脚的时候，他们看见两侧有类似岩石的东西——如果仔细观察，你会发现那是四方形的岩石——不过他们几个都没有仔细查看。大家更关心的是挡在他们正前方的一块大约四英尺高的大石头。沼泽怪靠着自己的长腿，不费吹灰之力就爬上了大石头的顶部，又帮助两个孩子爬了上去。对于两个孩子来说，这是一件又脏又湿的烦心事儿，因为那块石头上的积雪已经很深了。接着，他们又在崎岖不平的地上爬行了大约一百码——吉尔还摔倒了一次——这才遇到了第二块大石头，他们一共攀爬了四块这样的大石头，石头之间的距离长短不等。

他们挣扎着爬上第四块大石头的时候，发现一个不争的事实：他们此时就在平顶小山的山顶上。一直以来，斜坡为他们遮蔽了风雪；而在这里，他们才领教了狂风的真正威力。奇怪的是，这座小山的山顶相当平坦，就跟远处看到的一样：暴风雪就在这一大片台地上毫无遮拦地呼啸而过。大部分地方仍然没有多少积雪，因为狂风不断地把雪成团成团地卷离地面，又大片大片地抛到他们脸上。一股股雪片组成的小漩涡在他们脚边盘旋，就像你有时候看到冰上的小漩涡那样转来转去。事实上，很多地方的表面已经变得滑溜溜了。更糟糕的是，这地方布满了奇形怪状的河岸和堤坝，它们纵横交错，把山顶分成了一块块的正方形和长方形。这些河岸和堤坝高度从两英尺到五英尺不等，厚度大约两三码，当然，他们必须从这些庞然大物身上爬过。每道堤坝的北侧都已积起了厚厚的雪堆；每爬上去一次，就要陷进一个大雪堆，弄得浑身湿透。

吉尔艰难地挣扎着向前挪动，她戴上风帽，低着脑袋，麻木的双手伸在斗篷里面，她在这片可怕的台地上还瞥见了另外一些古怪的东西——她右边那些玩意儿看上去隐约像是工厂的烟囱，她的左边是一个巨大的悬崖，世界上再也找不到比这个更陡峭的悬崖了。不过，吉尔对这些丝毫不感兴趣，也没把他们放在心上。她最最在乎的就是自己冰凉的双手、鼻子、下巴和耳朵，还有哈尔方城堡里的热水澡和床铺。

突然，她一个趔趄，滑出了大约五英尺，她惊讶地发现自己滑进了一个又黑又窄的裂缝里，这个裂缝仿佛刚刚才出现在她的眼前。顷刻间，她已经滑到底部了。

她掉进去的貌似是一种壕沟，壕沟只有大约三英尺宽。突然滑倒虽然令她吃惊不小，但是她首先发觉自己解脱了，因为壕沟的墙壁比她高出一大截，刺骨的寒风再也吹不到她了。当然，她发现的第二件事情就是：两张焦虑的脸庞正从沟槽的边缘往下张望。

"你没受伤吧，波尔？"斯克罗布大声喊道。

"两条腿都摔断了，我一点儿都不觉得意外，"帕德格拉姆大叫着说。

吉尔站起身来解释说，自己一切正常，不过，他们得想办法帮她爬出沟槽。

"你掉进去的是什么地方？"斯克罗布问道。

"是一种沟槽，也有可能是暗巷之类的建筑物，"吉尔回答说。"走向很笔直。"

"是的，天呐，"斯克罗布说道。"它一直通向正北！不知道这是不是一种路？如果是路，我们就不必遭受这可恶的冷风折磨了。沟槽底下雪多吗？"

"几乎没有雪。依我看，雪都被吹到上面去了。"

"再往远处走走，看看有些什么？"

"稍等，我去看看，"吉尔一边说着，一边站起身来，沿着沟槽往前走；不过，还没走多远，沟槽就向右来了个急转弯。她大声把这个情况向两位伙伴作了汇报。

"拐角处有什么呢?"斯克罗布问道。

真是无巧不成书,吉尔对于拐弯抹角的通道和黑咕隆咚的地下暗室有些害怕,这正如斯克罗布对于悬崖峭壁心存恐惧一样。她根本不愿意独自走过那个拐角;帕德格拉姆又在她身后大喊大叫说:"小心点儿,波尔。这种地方有可能通往龙洞。再说了,在巨人国里,有可能会有巨型蚯蚓和巨型甲壳虫呢。"听了这话,她更不敢往前走了。

"我觉得拐角通不到什么地方,"吉尔一边回答,一边匆忙返回了原处。

"我最好亲自来看一看,"斯克罗布说道。"我倒想知道你说的'通不到什么地方'是什么意思?"于是,他坐到沟槽的边缘,一下子就滑了下去。他从吉尔身边挤了过去,尽管他嘴上没说什么,吉尔确信他明白自己不敢前行的原因。吉尔于是紧跟着他,只是不敢走到他的前面罢了。

然而,事实证明,这是一次令人扫兴的探险。他们向右拐弯,然后朝前直行了几步,就面临着一个选择：要么继续前行，要么向右急转弯。"这条路行不通，"斯克罗布瞥了一眼右边的拐弯说，"它会把我们带回南方的。"于是，他选择了直行。不过刚走了几步，他们就又发现了第二条右拐的路。这一次，他们别无选择，因为他们所在的这条沟槽是条死胡同。

"不行，"斯克罗布嘟囔着说道。吉尔立刻回转身去，带头回到了自己滑落的地方。沼泽怪伸出长臂，不费吹灰之力就把两个孩子拉了出去。

回到上面实在令人生畏。在下面那些狭长的沟槽里，他们的耳朵差不多已经回暖了。他们的眼睛也可以看清事物了，呼吸也变得轻松自如了，彼此之间也不用大喊大叫了。回到刺骨的寒风中完全就是活受罪。更让人难以忍受的是：这时候，帕德格拉姆竟然不识时务地问了句：

"你确信自己还能记住那些暗号吗，波尔？现在我们应该听从哪一句暗号呀？"

"哦，行了吧！讨厌的暗号，"波尔说道。"我觉得好像是什么人提到阿斯兰什么事。不过我实在不想在这里背诵这些暗号。"

　　看得出，她已经把暗号的顺序记错了。因为她已经放弃了每天晚上背诵暗号的习惯。实际上，如果稍微费心想一想，她还是记得住暗号的：不过，她对狮子的训诫已经不再烂熟于心，所以遇到即时提问，她就不可能不假思索将那些暗号脱口而出。帕德格拉姆的问题使她大为恼火，因为她在内心深处已经很自责了，觉得自己应该牢记狮子的训诫。内心烦恼，身体又冷又累，痛苦不堪的吉尔竟然说了句"讨厌的暗号"。或许她根本不是这个意思。

　　"哦，你刚才说的暗号是下一句，对不对？"帕德格拉姆问道。"现在我有点疑惑，你说得对不对？我觉得你把暗号的顺序弄混了。在我看来，这座小山，我们脚下的这座平顶小山，似乎值得我们停下来看一看。你们有没有注意到——"

　　"哦，天呐！"斯克罗布说道，"这是停下来欣赏风景的时候吗？看在上帝的分上，继续赶路吧。"

　　"哦，看呐，看呐，看呐，"吉尔一边大喊，一边用手指着。大家回过头来，看见了她手指的地方。只见朝北的远处，在一块比他们脚下的台地高得多的地方，出现了一排灯光。这一次，灯光比昨晚看到的更加明显了。这都是窗户映出的灯光：小窗户让人想起温馨的卧室，大窗户让人想起宽敞的大厅，大厅的壁炉里燃烧着熊熊的火光，桌子上摆放着热气腾腾的羹汤和美味多汁的里脊肉。

"哈尔方！"斯克罗布大声叫道。

"好倒是好，"帕德格拉姆说道。"不过，我刚才的意思是——"

"哦，闭嘴，"吉尔蛮横地说道。"我们一刻也不能耽误了。难道你不记得那位夫人说过，他们会早早关门？我们一定要及时赶到那里，我们一定，我们一定。在这样的晚上被人拒之门外，我们一定会冻死的。"

"行了吧，现在还不是晚上，还没到呢，"帕德格拉姆开口说道；不过两个孩子一起喊了声："走吧，"然后飞快地冲了出去，在光滑的台地上跌跌撞撞向前跑着。沼泽怪一边跟随着他们，一边说话。不过，此时他们正在逆风行走，即使孩子们想听沼泽怪的唠叨，也根本无法听得清楚。

况且他们根本不想听他说话。他们一心只想洗澡、睡觉、喝热饮；如果到达哈尔方太晚了，他们就会被拒之门外，一想到这里，他们就觉得难以忍受。

虽然一路疾行，他们还是花了很长时间才穿过平顶小山。穿过山顶之后，还要爬下远处的几块大石头。最后，他们终于到达了山底，看到了哈尔方的真实面貌。

城堡坐落在高高的悬崖上，虽然里面有很多尖塔，可是整个城市看起来不像城堡，更像一个大庭院。显而易见，文雅的巨人丝毫不惧怕外来攻击。城堡外墙的窗户离地面很低——威严的城堡一般不会建成这种风格。外墙上还零星分散着奇形怪状的小门，这样就能轻而易举地进出城堡，而不用穿过庭院。看到这里，吉尔和斯克罗布精神大振，整个城堡看上去多了几分友好，不再令人生畏。

一开始，看到又高又险的悬崖，他们有点害怕，但是，很快他们就发现左侧有一条容易上去的小路，蜿蜒曲折直通城堡。经过这一路的长途跋涉，再爬上那条小路真是难上加难，要不是斯克罗布和帕德格拉姆在最后一百码的时候帮她一把，吉尔差点就放弃了努力。

终于，他们站在了城堡的大门前。吊闸高高抬起，大门敞开着。

尽管筋疲力尽，他们还得鼓足勇气走近巨人城堡的大门。虽然帕德格拉姆之前一直警告他们别去哈尔方，结果还是他，在关键时刻表现出了超凡的胆量。

"听着，稳住脚步，"他说道。"不管你们干什么，不要流露出惊慌失措的样子。我们来这里就是干了件头号大蠢事；不过既来之，则安之，我们最好表现出一副大无畏的样子。"

说完这些，他大踏步走近大门入口，静静地站在拱门下，扯开嗓门喊了起来，拱门的回声扩大了他的音量。

"喂！门童！有客借宿。"

他一边等着消息，一边摘下帽子，拍打着宽边帽檐上厚厚的积雪。

"喂，我说，"斯克罗布小声对吉尔说。"他也许是个败兴鬼，不过他胆子倒挺大，脸皮也够厚。"

门开了，映射出一股诱人的炉火，门童出来了。吉尔紧咬嘴唇，生怕自己叫出声来。这不算是个标准的巨人；也就是说，他只不过比苹果树高些而已，但是绝对没有电线杆子那么高。他满头红发，又短又硬，身穿无袖短皮衣，皮衣上到处钉满了金属片，这样看起来就像穿了件铠甲，长满汗毛的双膝裸露着，腿上扎着绑腿一样的东西。他弯下腰，瞪着眼睛凝视着帕德格拉姆。

"说说看，你们把自己叫做什么动物？"巨人门童说。

吉尔紧握双手，鼓起了勇气。"对不起，"她对着巨人门童大声喊道。"绿衣夫人向文雅的巨人国国王致敬，她派我们两个南方的孩子和这位名叫帕德格拉姆的沼泽怪来参加你们的秋季盛宴——当然了，如果方便的话。"她又补充了一句。

"哦呵，"门童说道。"那就另当别论了。进来吧，小家伙们。你们最好在门房里等等，我要去给陛下传个信。"他一边说，一边好奇地打量着两个孩子。"脸色发紫，"他说道。"我不知道他们竟然是这种脸色。我本人不喜欢这种脸色。不过我敢说，他们彼此看着对方都挺顺眼的。人们常说：王八看绿豆嘛。"

"我们的脸色之所以发紫，是因为天太冷了。"吉尔说，"我们本来的脸色不是这样的。"

"那就进来取取暖吧。进来，小虾米，"门童说道。他们跟着他进了门房。身后那扇大门咣当一声巨响，吓了他们一跳，不过他们立刻就将这种不快忘了个一干二净，因为他们看见了昨天晚餐以来一直渴望已久的东西：一堆火！多么旺的一堆火啊！这火看上去好像四五棵完整的大树在一起燃烧，火堆发出的热量让人几码之外就不敢靠近。他们都"扑通"一声坐到了砖地板上，尽量靠近火堆，如释重负地发出一声声叹息。

"喂，年轻人，"门童对另一个巨人说道，这家伙一直坐在房间的后面，睁大眼睛凝视着这几个不速之客，好像眼珠子都要掉下来似的，"去把这个消息报告给王室。"接着，他把吉尔刚才告诉他的关于绿衣夫人的话重复了一遍。那个年轻的巨人又盯了他们最后一眼，然后大声狂笑了一番，离开了房间。

"喂，小青蛙，"门童对帕德格拉姆说，"你看上去得喝点东西提提神。"说着，他拿出一个黑瓶子，样子与帕德格拉姆的瓶子非常相像，不过体积要大出二十多倍。"让我想一想，让我想一想，"门童说道。

"我不能给你一整瓶，否则你会淹死的。让我想一想。这个银器盐瓶正好合适。你到了王室可不要提起这件事情啊。反正银器还会源源不断地送过来的，再说，这也不是我的错儿。"

那个盐瓶和我们的盐瓶不大一样，它瓶体很窄，很直，巨人把盐瓶往帕德格拉姆身边一摆，正好可以作酒杯。因为帕德格拉姆根本不信任文雅的巨人，孩子们以为他会拒绝喝酒。没想到他低声嘀咕着说道，"既然我们已经进来了，大门也已经关上了，再怎么预防警惕也为时已晚了。"说完，他闻了闻酒杯。"闻上去还行，"他说道。

"不过，这样也判断不出来好坏。最好还是弄个明白，"于是，他喝了一小口。"尝起来也不错，"他说。"不过，这也只是初次上口的感觉，不知道继续喝会怎么样？"说着，他又喝了一大口。"啊！"他说，"全部喝下去感觉会不会一样呢？"说完他又喝了一大口。"如果下面有什么危险的东西，我一点儿也不觉得意外，"他一边说，一边把酒喝光了。他舔了舔嘴唇，对孩子们说，"你们明白吗，这是个试验。如果我倒地身亡，或者爆发急症，或者变成了一条蜥蜴什么的，你们就知道凡是他们给的东西通通不能接受。"不过，巨人因为身体太高大，离他们太远，根本听不清楚帕德格拉姆的低声耳语。他放声大笑，说道："哎呀，小青蛙，你是个男子汉。看看，他把酒喝光了！"

"我不是男子汉，我是沼泽怪，"帕德格拉姆声音含糊地回答说。"我也不是青蛙，我是沼泽怪。"

就在这时，他们身后的大门打开了，刚才那个年轻的巨人走进来说道："让他们马上就去王座室。"

两个孩子站起身来，而帕德格拉姆却依然坐在那里，嘴里念叨着，"沼泽怪，沼泽怪。非常值得尊敬的沼泽怪。值得尊敬的人。"

"给他们带路，年轻人，"巨人门童说道。"你最好把那个小青蛙抱过去。他刚才喝多了点。"

"我没什么问题，"帕德格拉姆说道。"我不是青蛙。我跟青蛙没有任何关系。我是个值得尊敬的沼泽怪。"

那个年轻的巨人拦腰抓起沼泽怪，又打了个手势让孩子们紧跟其后。就这样，他们有失体面地穿过了庭院。握在巨人拳头里的帕德格拉姆茫然地在空中挣扎着，这形象看上去还真像只青蛙。不过，孩子们可没有时间留意这个，他们很快就到了主城堡的门道里——两个人的心跳都加快了——为了跟上巨人的步伐，他们不得不一路小跑，"噔噔噔噔"地穿过了几道走廊，他们发现眼前是一间宏伟壮观的屋子，耀眼的灯光照得他们直眨眼睛，屋子里灯光闪烁，炉子里火光熊熊，两种光线交相辉映，反射在镀金的房顶和屋檐上。数不清的巨人身穿华丽的长袍站在屋子左右；远处尽头，有两张华丽的王座，王座上坐着两个庞然大物，显然，那是国王和王后。

斯克罗布和吉尔在离王座大约二十英尺的地方停住了脚步，他们笨手笨脚地鞠了一躬（实验学校没有教女生如何鞠躬行礼），那位年轻的巨人小心翼翼地将帕德格拉姆放到了地上，他就势瘫倒下去，坐在了那里。说实话，他四肢修长，看上去活像一只大蜘蛛。

第八章

哈尔方宫

"继续啊，波尔，把你那套拿出来，"斯克罗布低声说道。

吉尔发现自己口干舌燥，一句话也说不出来。她只好拼命向斯克罗布点头，示意让他讲话。

斯克罗布暗下决心，这辈子也不会原谅吉尔，也不会原谅帕德格拉姆，他只好舔了舔嘴唇，抬头大声对着巨人国王喊道：

"请您允许我禀告，陛下，绿衣夫人差遣我们代她向您致敬，她说，您会乐意让我们参与你们的秋季盛宴。"

巨人国王和王后彼此对望了一眼，相互微笑着点了点头，他们微笑的神态让吉尔心怀不悦。相对而言，吉尔更喜欢那位国王。他长了一脸卷曲纤细的胡子，一只笔挺的鹰钩鼻子，按照巨人的标准，他已经是相当帅气了。王后极其肥胖，长着双下巴，油腻的脸上涂满了脂粉——即使是最好看的脸蛋儿，脂粉太多也不是好事，而这张脸又大出常规十倍，那样子当然就更难看了。这时候，国王伸出舌头，舔了舔嘴唇。

每个人都会伸舌头，可是国王的舌头那么大、那么红，而且那么出其不意地伸了出来，确实把吉尔吓了一大跳。

"哦，多好的孩子啊！"王后说道。

"没准儿她才是好人呢，"吉尔心中暗想。

"是的，的确是好孩子，"国王说道。"非常优秀的孩子。欢迎你们来到我们的王宫。把你们的手给我。"

他把自己的右手伸了下来——这只手非常干净，

手指上戴了许多戒指，指甲修得异常尖利。不过，他的手实在太大了，根本无法握住孩子们递过来的小手；于是，他只好握了握他们的胳膊。

"那是什么东西？"国王指着帕德格拉姆问道。

"尊敬的沼泽怪，"帕德格拉姆说道。

"哦！"王后一边尖叫，一边把裙子收到了脚脖子。"可怕的东西！还是活的呢。"

"他这个人还不错，陛下，实际上他是个好人，"斯克罗布连忙解释说。"等你们跟他熟悉了，你们会更喜欢他的。这一点我确信无疑。"

此时此刻，如果我告诉你们吉尔开始哭泣了，希望你们看到下文，不要因此对她失去兴趣。她有太多的理由这么做。她的手脚、耳朵和鼻子到现在才开始解冻；融化的积雪顺着她的衣服往下流淌；那一天，她几乎什么也没吃，什么也没喝；她的双腿非常疼痛，她感觉自己再也站立不住了。话说回来，此时此刻，哭泣也许比任何举动都能打动对方，因为王后说道：

"哦，可怜的孩子！陛下，我们让客人们站着恐怕不妥吧。赶快，来人！把他们带下去。给他们吃点东西，喝点儿酒，安排他们洗个澡。安慰安慰那个小女孩儿，给她吃点棒棒糖，送给她些玩具，再给她吃点药——你们能够想到什么，就给她什么——什么牛奶酒啊，巧克力啊，香菜，催眠曲，玩具啊，都行。别哭了，小姑娘，否则盛宴上就用不到你了。"

吉尔和你我一样，一听到什么玩具啊，娃娃的就火冒三丈；尽管棒棒糖和巧克力本身倒也不错，可是吉尔希望他们能给自己点货真价实的东西。

不管怎么说，王后愚蠢的命令还是卓有成效的，因为帕德格拉姆和斯克罗布立刻被旁边的侍从抱了出去，吉尔也被一个巨人宫女抱了起来，带进了各自的房间。

吉尔的房间大得像个教堂，要不是壁炉里燃烧着熊熊火苗，要不是地板上铺着深红的厚地毯，这房间就会显得阴森可怕。在这里，吉尔开始遇到一些愉快的事情。宫女把她交给了王后的老保姆。从巨人的角度看，这是个身材矮小、弯腰弓背的老保姆，可是按我们人类的标准判断，她仍然是个巨人，只不过身材稍显矮小，可以在普通房间里来回走动，脑袋不至于碰到天花板而已。她精明能干，不过吉尔希望她不要总是唠唠叨叨，说什么"哦，啦，啦！起来啦，没事啦"。还说什么"亲爱的宝贝"。"好啦，我们马上就好，乖宝宝。"老保姆在一个巨人脚盆里放了热水，然后帮助吉尔爬进了脚盆。如果你像吉尔那样会游泳，在巨人脚盆里洗澡倒是件妙不可言的事情。

巨人毛巾虽然有点粗糙，但是非常可爱，有好多好多毛巾。实际上，你根本不用擦干身体，只要自娱自乐，在炉火旁的毛巾上打个滚儿就行了。洗完澡，保姆就把干净、崭新、暖和的新衣服穿在了吉尔身上。衣服非常华贵，就是穿上太大，不过显然这衣服是做给人类穿的，不是巨人穿的。"我猜想，如果那个绿衣女人到这里来，这些衣服就适合给这样尺寸的客人穿。"吉尔心想。

她很快就发现自己的猜测完全正确，因为他们已经为她摆好了一套成人尺寸的桌椅，桌上的刀叉和汤匙也都是普通的大人的尺寸。终于可以暖暖和和、干干净净地坐下来，吉尔感到满心欢喜。她依然赤着双脚，踩在巨人的地毯上真是美妙极了。地毯淹没了脚踝，这正好可以缓解她的脚痛。虽然此时是下午茶时间，我想这顿饭还是应该称为正餐，正餐供应的是：韭菜鸡汤，热腾腾的烤火鸡，蒸布丁，烤栗子，还有应有尽有的水果。

只有一件事情让她烦恼不已：老保姆不断地进进出出，每次进来，她都带来一个巨大的玩具——一个巨大的洋娃娃，比吉尔的个头还要大；一个骑在轮子上的木马，木马的个头和大象差不多；一个手鼓，看上去像个小煤气罐；还有一只毛茸茸的小山羊。

这些颜色鲜艳的玩具都是些粗制滥造的玩意儿，吉尔一看就不喜欢。她一遍又一遍地告诉老保姆自己不需要那些玩意儿，可是，老保姆说：

"嘘，嘘，嘘。等你休息一会儿，你就想要它们了，我知道的！好啦，好啦，好啦！上床床啦，再见吧。可爱的乖孩子！"

这张床不是巨人床，而是一张老式旅馆里能见到的那种四柱大床；在这间巨大屋子的衬托下，这张床看上去那么渺小，吉尔兴高采烈地倒在了床上。

"天还在下雪吗，嬷嬷？"她睡眼惺忪地问道。

"不下雪了，下的是雨，宝贝儿！"女巨人说道。"雨水可以冲走那些肮脏的积雪。可爱的乖孩子明天就可以出去玩了！"说完，她给吉尔盖好被子，道了声晚安。

不知道有什么比被女巨人亲吻更令人厌恶的事了。吉尔虽然心有同感，不过不到五分钟，她就睡着了。

整整一个晚上，雨一直在下，雨水击打着城堡的窗户，吉尔睡得死沉死沉，错过了晚餐，错过了子夜。到了夜深人静的子夜时分，巨人的屋子里毫无动静，只听见老鼠出没的声响。就在这时，吉尔做了个梦。梦中好像自己睡醒了，还是在这间屋子里，她看见刚才那堆红红的炉火渐渐减弱，还看见火光中那匹

133

巨大的木马。木马竟然自己动了起来，踩着轮子滚过地毯，站到了她的床头。此时，它已经不再是一匹木马，而是一头形状相仿的玩具狮子。接着，那头狮子也不再是玩具，它变成了一头活生生的狮子。真真正正的狮子，就是她在天涯海角的山上看到的那头狮子。

屋子里充满了芳香的气味儿。吉尔心头有一股莫名的烦恼，她说不清那烦恼来自哪里，眼泪忍不住顺着脸颊流淌，打湿了枕头。狮子让她背诵一遍暗号，可是她发现自己把暗号全部忘光了。于是，她惶恐万分。阿斯兰用嘴把她叼了起来，不过她只感觉到了他的嘴唇和呼吸，没感觉到他的牙齿。阿斯兰把她带到窗前，让她向外看。外面月光皎洁，不知道是天上还是地上出现了几个大大的字：**在我下面**。此后，梦境就消失了。第二天早上，她很晚才睡醒，根本不记得自己曾经做过梦。

她起身穿起衣服，在炉火前吃完了早饭。这时候，老保姆打开房门对她说："可爱的乖宝宝，你的

134

小朋友来和你玩了。"

斯克罗布和沼泽怪应声走了进来。

"喂！早上好，"吉尔说道。"很开心吧？我相信自己睡了大约十五个小时。我确实感觉好多了，你们觉得怎么样？"

"我也一样，"斯克罗布说道，"不过帕德格拉姆说他头痛。嗨，你的窗子有窗座。如果坐上去，我们就能看到外面了。"说完，他们立刻行动起来，吉尔只瞥了一眼就说："哦，真是讨厌透顶了！"

窗外阳光明媚，大雨几乎把积雪全部冲走了，只留下零星几个雪堆。低头望去，昨天下午他们努力攀爬的那座平顶小山像地图似的展现在他们眼前；从城堡上往下看，这毫无疑问就是一座巨人城遗址。吉尔现在才明白，山顶之所以平坦，是因为上面基本上都是平铺的道路，尽管有些路面出现了破损。那些纵横交错的岸堤原来是巨大建筑物的断壁残垣，这些巨大的建筑物可能曾经是巨人的宫殿和庙宇。其中有一段大约五百英尺高的墙壁依然耸立着。吉尔当初还以为那是悬崖峭壁呢。那些当初看起来好像工厂烟囱的东西其实是巨大的柱子，只不过断裂成了高低不同的残桩；断裂的碎片堆积在桩子的根部，就像一棵棵倒地的大石头树。他们从南边爬上去的石崖和从北边爬下去的石崖无疑都是巨人的楼梯残骸。更糟糕的是，有几个大体黑字横穿路面，上面写着：**在我下面**。

三个冒险家面面相觑，惊讶不已，斯克罗布吹了一声口哨，说出了他们三个共同的心声："第二和第三个暗号又错过了。"此时此刻，吉尔的头脑里突然闪现出自己的梦境。

"都是我的错，"她的语气充满了绝望。"我——我中断了每天晚上背诵暗号的习惯。如果我一直铭记暗号，即使**在**大雪中我也应该看得出那是一座城市。"

"我更差劲，"帕德格拉姆说道。"我**的确**看出来了，或者说，我差不多看出来了，我觉得那地方看起来特别像废墟城。"

"你是最不该受到责备的，"斯克罗布说道。"你当时**的确**设法想阻止我们。"

"但是还不够坚决，"沼泽怪说道。"而且我也不应该只是试试。我应该付诸行动。难道我一手拉住一个，还拦不住你们两个吗？"

"事实是，"斯克罗布说道，"我们当时满心欢喜，只想赶到这个地方，对其他事情根本就漠不关心。至少我就是这样想的。自从遇到那个女人和那个沉默的骑士以后，我们的脑子里就没想过别的事情。我们差不多把瑞廉王子忘了个一干二净。"

"我一点儿也不觉得奇怪，"帕德格拉姆说道，"如果这恰恰就是她的目的。"

"我不大明白的是，"吉尔说道，"当时我们怎么没有看到那些字？或许，这些字是昨天晚上出现的。难道是他——阿斯兰——昨天晚上写在那里的？昨晚我做了一个奇怪的梦。"于是，她就把昨晚做梦的事情从头到尾讲述了一遍。

"哎呀，你这个笨蛋！"斯克罗布说道。"我们当然看到那些字了。我们还走进字里面去了。你明白了吗？我们走进 ME 这个单词的 E 字母下面去了。那

137

就是你掉进去的那个沟槽。我们两个还沿着 E 字母下面的一笔划朝北走了一会儿，然后又向右拐沿着竖直的一笔走了一会儿，然后又向右拐了个弯，这就是中间那一笔，然后我们又继续去了左上角，或者说字母的东北角，然后我们又像白痴一样走了回去。"他一边用脚猛踢窗座，一边继续说道："所以说，事情现在不好办，波尔。我知道你在想什么，因为我也有这样的想法，你一定在想，要是阿斯兰是在我们经过废墟城后才把这些指令写在石头上的，那样该多好啊。如果是这样，那就是他的错，不是我们的错。很有可能，对不对？不！我们必须坦然面对。我们只剩下四个暗号了，因为前面三个都已经错过了。"

"你的意思是：我错过了这些机会，"吉尔说道。"这话千真万确。你带我来这里，可是我把一切都搞砸了。虽然我觉得特别特别地歉疚，可是有什么用呢？不过，新的指令是什么？**在我下面**好像没有什么特殊的含义。"

"错了，这话确实有含义，"帕德格拉姆说道。

"它的意思是我们得到那座城市的下面去寻找王子。"

"可是，我们怎么能够去得了呢?"吉尔问道。

"问题就在这里，"帕德格拉姆一边说，一边揉搓着那双青蛙爪子似的大手。"现在我们怎么去得了呢?毫无疑问，当初在废墟城，如果我们把心思全部都用在完成自己的使命上，那么我们早就得到指点了——找到一扇小门，寻找一个洞穴，发现一条隧道，遇到一个可以帮忙的人。也许还能碰到阿斯兰本人。不管怎么样，我们总能想办法钻到那些铺路石下面。阿斯兰的指示从来都能奏效，而且绝无闪失。可是，现在我们该怎么去遵照执行呢——这是另一回事啊。"

"行了，我想我们只好再回去，"吉尔说道。

"很容易，是吗?"帕德格拉姆说道。"首先，我们可以想方设法打开大门。"于是他们看了看那扇大门，发现谁也够不着门把手，毫无疑问，就算够得着，也没有人能够转动门把手。

"如果我们要求出去，你们觉得他们会答应吗?"吉尔问道。没有人回答她的问题，不过大家都在想，

"估计他们不会答应。"

这不是个好主意。帕德格拉姆坚决反对把大家的真正使命告知巨人，也不主张直接要求巨人把他们放走。当然，孩子们没有他的允许不能胡乱说话，这是他们的承诺。三个人都确信，晚上是绝对不可能逃离城堡的。一旦进入房间，关上房门，他们就得在里面待到第二天早上。当然，他们可以要求把房间打开，不过那样会让对方起疑心。

"我们唯一的机会就是，"斯克罗布说道，"趁着大白天设法偷偷溜走。大部分巨人下午会不会有一小时的休息时间？——如果我们能够偷偷溜进厨房，会不会有个后门开着？"

"照我说，这也算不上什么机会，"沼泽怪说。"不过，我们能够找到的，也只有这个机会了。"实际上，斯克罗布的计划也不是那么毫无希望。从某些方面看来，如果你想溜出一栋住宅而不被人发现，下午这个时间段远比半夜好得多。这时候门窗很可能都敞开着；即使你被发现了，你还可以装作自己不打算走远，也没什么特殊打算。但是，如果凌晨一点，你正从卧室的窗户往外爬的时候被人逮个正着，你就很难让巨人或者成年人相信你的借口了。

"话虽这么说，我们得趁着他们不提防的时候行动，"斯克罗布说道。"我们必须得假装很喜欢这里，假装特别憧憬即将到来的秋季盛宴。"

"秋季盛宴就在明天晚上，"帕德格拉姆说道。"我听他们中有个人这么说。"

"我明白了，"吉尔说道。"我们必须假装特别兴奋，不停地问这问那。反正他们以为我们是纯粹的小孩，这样事情就好办多了。"

"兴高采烈，"帕德格拉姆长叹一声，说道。"我们必须这么做：兴高采烈。假装我们无忧无虑，就爱打闹嬉戏。我发现你们两个小孩子总是提不起精神。你们得看着我，向我学习，我马上就会兴高采烈的。就像这样，"说着，他龇牙咧嘴地笑了笑，样子相当可怕，"还要嬉皮笑脸，"——说到这里，他又手舞足蹈地跳了跳，样子相当痛楚。"一直看着我，你们很快就会进入状态。你们明白，他们已经把我当成滑稽可笑的人了。我敢说，你们两个都以为我昨晚有点醉意，不过我向你们保证，那是——很大程度上是——装出来的。不知道为什么，我当时觉得这样的伪装迟早会派上用场。"

事后回忆他们的冒险经历时，孩子们无法确定帕德格拉姆最后那句话是真是假；不过他们可以确定的是，说这句话的时候，帕德格拉姆本人觉得自己说得千真万确。

"好吧。兴高采烈，就这么说定了，"斯克罗布说。"可惜，要是我们能请人打开这扇门就好了。我们无所事事、兴高采烈、四处乱跑，这样我们就能尽可能多地熟悉这座城堡。"

幸运的是，就在他说话的那一刻，门开了，巨人女保姆慌忙跑了进来，说，"赶快，我的乖孩子。想不想看看国王和满朝文武出发去打猎？那场面可壮观啦！"

听完这话，他们立刻飞奔出去，跑到保姆前面，冲下他们来时的楼梯。犬吠声，号角声，巨人的说话声为他们引路，没过几分钟，他们就来到了院子里。巨人们都是徒步行走，因为他们的世界里没有巨型马，打猎只能步行前往，就像英国人带着猎犬打兔子一样。

这里的猎犬也是正常尺寸。起初看到没有马，吉尔非常失望，因为她觉得王后身材巨大，肥胖无比，肯定不会跟在猎狗身后步行去打猎；而让她整天待在城堡里也行不通。后来吉尔才发现，原来王后坐在一顶轿子里，轿子由六个年轻巨人扛着。这个愚蠢的老家伙通身穿着绿色衣服，身边还放着一只号角。

包括国王在内的二三十个巨人集合起来，准备出发狩猎，他们有说有笑，声音能把你的耳朵震聋；再往下面，和吉尔差不多高度的地方，一条条摇摆的狗尾巴，一阵阵汪汪的狗叫声，一张张松开的狗嘴，一只只湿漉漉的狗鼻子在他们的手边蹭来蹭去。这时候，帕德格拉姆开始调整情绪，做出一副他自认为是兴高采烈的神态(要是被人发现了，也许就把整个计划给毁了），吉尔则露出一副最动人的幼稚笑脸。她穿过人群，冲到王后的轿子边，对着王后大声喊着：

"哦，求您了！您不会走远的，对不对？您会回来的吧？"

"是的，亲爱的，"王后回答说。"今天晚上我就会回来。"

"哦，好啊。太棒了！"吉尔说道。"我们可以参加明天的盛宴，对不对？我们多么盼望明天晚上赶快到来！我们真的喜欢待在这里。你们不在的时候，我们可以在城堡里四处跑跑、到处看看，对不对？请您说声'对'嘛。"

王后果然说了声"对"，不过朝臣的笑声几乎淹没了她的声音。

第九章

天机泄露

事后，另外两位伙伴承认，那天吉尔的表演精彩极了。国王和其他狩猎者刚一离开，吉尔就开始在城堡里四处游览，不断提问，不过她的神态天真无邪、幼稚简单，没有人怀疑她会有什么秘密企图。

虽然她的嘴巴一直没有闲着，但是你不能说她在说话：她一会儿咿咿呀呀，一会儿哼哼唧唧。她讨好每一个人——男仆、门童、女佣、宫女，还有那些年纪大了，不能出去打猎的巨人大臣。她任由那些女巨人亲吻她、抚摸她，很多女巨人似乎为她伤心难过，还把她称作"可怜的小人儿"，不过，她们都没有告诉吉尔为什么这么称呼。她和厨师特别要好，还发现了一个非常重要的事实：厨房后面的洗碗间有一扇门可以穿过外墙，这样不用经过院子，也不用经过门房就可以走到城堡外面。在厨房里，她装出一副贪吃馋嘴猫的样子，尝遍了厨师和助手给她的各种残羹冷炙和菜肴的下脚料。到了楼上，见到那些夫人时，她又问她们，自己究竟该穿什么服装去出席那场盛宴，自己可以在盛宴上逗留多久，自己可不可以和某个身材特别特别矮小的巨人跳舞。然后，为了让大人、巨人和其他人觉得她可爱动人，她还把脑袋歪向一边，扮作一副白痴的样子，摇一摇满头卷发，坐立不安地说："哦，我真希望现在就是明天晚上，你们觉得呢？你们觉得时间会过得更快些吗？"（事后想起这些，她都会觉得浑身发热。）所有的女巨人都说她是个完美无缺的小可爱，有些女巨人还用巨大的手绢擦拭着眼睛，好像她们忍不住想要哭泣似的。

"这个年龄的孩子都是这么可爱的小东西，"一个女巨人对另一个说。"好像有点可怜……"

146

斯克罗布和帕德格拉姆两个人也使出浑身解数装傻卖萌，不过，女孩子在这方面显然比男孩子更有天分，而男孩子又比沼泽怪更有天分。

午饭时发生了一件事情，促使三个人因此更加急切地想要逃出这座文雅巨人的城堡。他们在大厅里吃饭，坐在壁炉旁的一张小桌子上。离他们大约二十码的一张大桌子上，有六个老巨人正在用餐。

他们的声音又大又吵，两个孩子很快就不在意他们说话的内容了，就像我们对窗外的汽笛声，或者街上的交通噪音不大关注一个道理。几个老巨人正在吃冷鹿肉，吉尔以前从没尝过这种肉，她觉得挺合自己的口味。

突然，帕德格拉姆转过身来，脸色变得极度苍白，你可以从他天然泥土色的脸上看出那种大惊失色。他说：

"一口也别吃了。"

"怎么啦?"两个孩子低声问道。

"难道你们没有听到那些巨人在说什么吗?'那是

一条又肥又嫩的鹿腿，'其中一个说。'这么说，那只鹿说了谎话，'另一个巨人说。'为什么？'第一个巨人问。'听他们说，抓住那只鹿的时候，他说，别杀我，我的肉很老，你们不会爱吃的。'"吉尔一时半会儿没完全明白帕德格拉姆的意思。不过，看到斯克罗布惊恐地瞪大了眼睛，她一下子全懂了。斯克罗布说："这么说，我们一直在吃一只会说话的鹿。"

这个发现对三个人产生的影响并不完全相同。吉尔对这个世界比较生疏，她为那只可怜的鹿感到伤心，觉得杀死他的巨人实在可恶。斯克罗布以前来过这个世界，至少有一位会说话的动物朋友，他感到惊恐万分，就好像我们面对一桩谋杀案时的心情。而生长在纳尼亚的帕德格拉姆，感到恶心眩晕，就像发现自己吃了一个婴儿一样难以忍受。

"我们已经惹怒阿斯兰了，"他说。"这就是不听暗号的结果。我想我们正在受诅咒。如果允许的话，我们能作的最好的选择就是：举起刀子，刺进自己的心脏。"

慢慢地，连吉尔也开始理解沼泽怪的观点了。大家无论如何都吃不进去了，他们瞅准一个安全的时机溜出了大厅。

此时，离计划逃跑的时间越来越近了，大家都变得紧张起来。他们在走廊里四处游荡，等待一切都归于宁静。吃完饭，巨人们在大厅里坐了很长时间。一个秃顶的家伙给大家讲了个故事。大厅里的人走光以后，三个人又晃悠到厨房。这里仍然有很多巨人，至少洗碗间有不少人正忙着洗洗刷刷，处理残羹冷炙。他们在煎熬中等候这些人打扫完毕，一个个洗手离开。最后，厨房间只剩下一个年长的女巨人。她慢条斯理地东逛逛、西逛逛，三个人终于惊恐地发现她根本就没打算离开这里。

"我说，亲爱的，"她对三个人说。"马上活儿就干完了。我们把水壶放上去。一会儿就能煮好一杯美味的好茶。现在我要休息片刻。乖宝宝们，你们去洗碗间里看看，告诉我后门是不是还开着。"

"对的，后门开着呢，"斯克罗布回答说。

"这就对了。我经常把后门打开，这样我的猫咪就可以随便进出了，可怜的小东西。"

说完，她坐到一把椅子上，把双脚放到另一把椅子上。

"不知道我能不能打上四十个盹儿，"女巨人说。"要是那帮溜须拍马的狩猎者别那么早回来该多好啊。"

听到女巨人说要打四十个盹儿，他们顿时情绪高涨，可是又听到她说狩猎者要回来，他们立刻又垂头丧气了。

"他们通常什么时候回来呀？"吉尔问道。

"说不准，"女巨人回答说。"不过，你们走吧，宝贝们，让我安静一会儿。"

他们后退到厨房的尽头，本来可以溜进洗碗间，没想到女巨人站起身来，睁开眼睛，驱赶一只苍蝇。"别再动了，等我们确定她真的睡熟了再说吧。"斯克罗布小声说道。"要不然，一切都要泡汤了。"于是，他们蜷缩在厨房的尽头，等待着，观望着。一想到那些狩猎者随时都有可能回来，他们的心里就惶恐不安。而眼前这个女巨人也不那么好对付。

每当他们以为她真的睡着了。她就动一动。

"这样下去我可受不了，"吉尔心想。为了分散注意力，她开始四处张望。她面前是一张干净整洁的大桌子，桌上摆着一本书和两个干净的馅饼盘。那盘子当然是巨人的大盘子。吉尔心想，她正好可以舒舒服服地躺在其中一个盘子里。接着，她爬上桌子旁边的凳子，去看那本书。她读到：

野鸭：这种美味的鸟类烹饪方法多种多样。

"这是一本烹饪书，"吉尔心想，她对烹饪不感兴趣，于是就侧过头去望着旁边。女巨人的眼睛虽然闭着，但是她看上去好像没有睡熟。吉尔只好又转过头来继续看书。菜谱的名单是按照字母顺序排列的，看到下一个菜名，吉尔的心脏似乎停止了跳动。只见上面写着：

人：这种优雅矮小的两足动物一直被奉为上等美味佳肴。是秋季盛宴的传统菜肴，这道菜通常在鱼肉之后，大块烤肉之前供应。每个人……

她再也不忍心看下去了。那个女巨人又醒了，发出一阵咳嗽声。吉尔用胳膊肘推了推两个伙伴儿，指了指那本书。两个人也爬上长凳，弯下腰阅读那本巨书。斯克罗布还在阅读人的烹饪方法，而沼泽怪则指了指下面一个菜名。只见上面写着：

沼泽怪：某些专家完全抵制这种动物，认为他们筋骨相连，有股泥土味，不适合巨人食用。其实，这种泥土味可以大大减少，如果……

吉尔轻轻碰了碰沼泽怪和斯克罗布的脚。三个人回头看了看女巨人。只见她的嘴巴微微张开，鼻子里发出一种声音，此时，他们觉得这声音比任何音乐都要美妙：她打呼噜了。

那么，踮起脚尖跑路吧。他们不敢跑得太快，甚至连大气都不敢喘，跑过了臭气熏天的洗碗间，终于来到了冬日午后苍白的阳光下。

他们站在一条崎岖不平的小路上，小路蜿蜒向下，坡势陡峭。谢天谢地，就在城堡的右手边，废墟城已经映入眼帘了。没过几分钟，他们就回到了那条宽广陡峭的路上，这条大路从城堡的正大门蜿蜒而下。从城堡右边的每扇窗子望出来，他们的行踪都尽收眼底。如果只有一扇，或者两扇，或者五扇窗子，那么碰巧有可能没人往外看。

可是，那里有将近五十扇而不是五扇窗子。他们还发现，脚下的这条路，其实，他们和废墟城之间的整个这块空地，毫无遮拦，连只狐狸也无处藏身，这里布满了野草、鹅卵石和平坦的石头。更糟糕的是，除了帕德格拉姆还穿着自己的衣服，因为巨人们没有给他找到合适的衣服，两个孩子身上穿的都是昨晚巨人们给的衣服。吉尔身穿鲜艳的绿色长袍，袍子长得有些离谱，袍子的外面罩着一件斗篷，斗篷边上镶着白色的毛皮。斯克罗布穿着鲜红色的长袜，蓝色束腰短上衣，外面披着斗篷，随身佩戴金柄宝剑，头上是一顶插着羽毛的帽子。

"你们两个的颜色可真好看，"帕德格拉姆咕哝地抱怨说。"这在冬天里太显眼了。只要在射程范围内，最差的弓箭手也能射中你们。说起弓箭手，要不了多久，我们就会为自己没带弓箭而后悔了，这一点我毫不怀疑。再说，你们的衣服有点儿薄，是不是?"

"是的，我现在已经冷得发抖了，"吉尔说道。

刚才在厨房的时候，她以为只要能够逃离城堡，就差不多万事大吉了。现在她才知道，最危险的事情还没有降临呢。

"沉住气，沉住气，"帕德格拉姆说道。"不要回头看。不要走得太快。不论你们干什么，都不要跑。要装作散步闲逛的样子，这样，就算有人看见我们，他或许有可能不会多想。一旦他们发现我们像逃跑的样子，我们就完蛋了。"

通往废墟城的路途似乎比吉尔想象中的漫长很多。不过，他们一步一步地走了过去。这时候，一阵嘈杂声响起。

其他两个人倒吸了一口凉气，吉尔不明白怎么回事，问道："那是什么声音？"

"打猎的号角声，"斯克罗布低声回答说。

"那也不能跑，"帕德格拉姆说道。"等着听我的指令。"

吉尔这回忍不住侧头望了望。只见半英里之外，打猎队伍从他们的左后方回来了。

他们继续往前走。突然，响起了一阵巨人的喧闹声，接着又响起了大喊大叫声。

"他们已经看见我们啦，跑啊，"帕德格拉姆说道。

穿着长裙跑步可真讨厌，吉尔提起长裙就跑。现在无疑是危险关头。她听得见猎犬的叫声，听得见国王的咆哮声："追上他们，追上他们，否则我们明天就吃不到人肉馅饼了。"

由于裙子碍手碍脚，吉尔落在了最后，她时不时滑倒在松散的石头上，头发披散在嘴里，胸口都跑疼了。猎犬离他们越来越近了。此时，她不得不往山上跑，跑到通往巨人楼梯底部的石头斜坡上。她根本不知道到了那里该怎么办，也不知道即使爬上楼梯的顶部又能怎么样。

　　但是，她根本不想这些。此时，她像一只被追杀的动物，只要后面有猎狗在追，她就必须得跑，直到倒下为止。

　　沼泽怪冲在最前面。跑到楼梯底部的时候，他停了下来，稍微向右看了看，突然冲进了台阶底部的一个小缺口里。他的长腿顿时不见了，活像一只蜘蛛。斯克罗布犹豫了一下，也跟在他后面消失了。

　　一分钟后，吉尔也来到这里，她摇摇晃晃，气喘吁吁。这是一个不起眼儿的小洞，是泥土和石头之间的一个裂缝，洞口大约三英尺长，不到一英尺高。你得趴在地上匍匐前进，动作还不能太快。

　　"快点，快点，石头。把洞口堵上。"黑暗中，身边传来帕德格拉姆的声音。这里一片漆黑，只有他们刚才爬进来的洞口有一丝灰蒙蒙的亮光。那两个伙伴正忙得不可开交。她看见斯克罗布的小手和帕德格拉姆的大手正在拼命地堆石头，帕德格拉姆的大手像青蛙爪子似的，背着光看上去黑黢黢的。她立刻意识到这个工作的重要性，自己也开始在黑暗中摸索大石头，递给其他两个伙伴儿。等到猎犬追到洞边狂吠的时候，他们已经把洞口堵得严严实实，当然，洞里连一点光线也没有了。

"再往里面走，赶快，"帕德格拉姆说道。

"我们手拉手吧，"吉尔说。

"好主意，"斯克罗布说。不过，他们花了很长时间才在黑暗中找到彼此的手。此时，猎犬正在垒起的屏障外面嗅来嗅去。

"试试，看看能不能站起来，"斯克罗布建议说。大家试了试，发现果然可以站起来。于是，帕德格拉姆向后伸出一只手拉住斯克罗布，斯克罗布向后伸出一只手拉住吉尔。吉尔多么希望自己能够走在他们两个人之间，而不是走在最后。他们用脚探路，在黑暗中跌跌撞撞地往前走，脚下全是松散的石头。后来，帕德格拉姆走到一堵石墙前。他们稍稍向右拐了拐，然后继续前进。一路有很多拐弯和转角。吉尔彻底迷失了方向，根本不知道洞口在什么地方。

"问题是，"黑暗中，前方传来帕德格拉姆的声音，"把各种情况综合起来考虑考虑，也许我们还不如折回头去，把我们奉献给巨人做盛宴，这样我们就不必在小山下的废墟里迷路，这里十有八九会有龙、深洞、毒气、水——啊呜！出发了！保护好你们自己。我——"

说时迟，那时快。只听得一声狂喊，一阵窸窸窣窣、哗啦哗啦的声音，石头纷纷滚落。吉尔发现自己在滑行、滑行、无望地滑行，每滑下一道坡，滑行速度就会加快，坡度也就越陡。这个斜坡并不平坦，也不坚固，它由小石头和垃圾组成。即使你能站立起来也于事无补。随便你站在斜坡的哪个部位，你的脚底下都会立即滑落。与其说吉尔是站着，还不如说她是躺着。他们滑得越远，石头和泥土就被搅得越乱，于是，他们和周围的一切混在一起往下滑落，速度越来越快，声音越来越高，尘土越来越大，身体越来越脏。听到两个伙伴的尖叫声和臭骂声，吉尔知道自己踩掉的很多石头正重重地砸在斯克罗布和帕德格拉姆的头上。此时，她正飞速向下冲去，她确信，一旦掉到谷底，自己肯定会摔得粉身碎骨。

然而，莫名其妙的是，他们并没有粉身碎骨，只是浑身伤痕累累，吉尔的脸上湿漉漉、黏糊糊的，显然是血。她的四周堆积着松散的泥土、鹅卵石和大石头，有的地方堆得比她还高，她根本无法站起身来。四周漆黑一团，闭上和睁开眼睛根本没有区别。四周没有任何声音，这是吉尔这辈子最无望的时刻。

假如她孤身一人，假如其他两个都……这时候，她听到身边有人在动。不久，三个人就用颤抖的声音向彼此说明了自己的状况：显然，没有一个人折断哪怕一根骨头。

"我们再也爬不上去了，"斯克罗布的声音说道。

"你们有没有注意到这里很暖和?"帕德格拉姆的声音说道。"这就意味着我们已经离上面很远很远了。也许差不多有一英里远呢。"

谁也没有回答他的话。过了一会儿,帕德格拉姆又补充说:

"我的打火匣丢了。"

又隔了很长一段时间,吉尔说,"我渴死了。"

没有人提议去干点什么。显而易见,眼下也没什么可以干的。

他们暂且还没有感觉到自己的处境有多么艰难;因为他们都已经筋疲力尽了。

过了很久很久,在没有任何前兆的预示下,一个完全陌生的声音说话了。他们立刻明白,这根本不是他们内心期盼已久的声音,不是阿斯兰的声音。这是一种忧郁的、毫无音调起伏的声音——如果你能明白其中的意思,那么这可以被称作是漆黑的声音。那声音说道:

"上面世界的动物,你们怎么到这里来啦?"

第十章

不见天日的旅行

"**你**是谁?"三个人齐声大喊道。

"我是地下世界镇守边关的守望者,和我站在一起的,是一百个全副武装的地下人。"那声音回答说。"赶快告诉我你们是谁,到地下王国来有何贵干?"

"我们是不经意掉下来的,"帕德格拉姆实话实说道。

"掉下来过很多人,但能回去见天日的没几个,"那声音说道。"做好准备跟我走吧,去面见地下王国的女王吧。"

"她找我们干什么？"斯克罗布小心翼翼地问道。

"我不知道，"那声音回答说。"她的意愿只能服从，不得质疑。"

说这话的时候，突然传来一阵轻柔的爆炸声，大山洞里顿时充斥着一片灰沉沉、蓝幽幽的冷光。刚才，当那个声音说自己有一百个全副武装的随从时，他们一直心存侥幸，觉得这是胡说八道、自吹自擂，此时，他们的希望彻底泡汤了。吉尔发现自己冲着密密麻麻的一群人在眨眼睛。这些人大小不一，有一英尺高的小矮人，还有比普通人更高的威武大汉。他们每个人都手举三叉长矛，个个脸色苍白，像雕塑一样一动不动地站在那里。他们除了武器和神态一样，其他方面就完全不同了：有的长着尾巴，有的完全没有；有的留着大胡子，有的脸上光秃秃，脸蛋圆溜溜，脑袋大得像南瓜；有的长着长长的尖鼻子，有的长着长长的、软软的象鼻子，还有的长着疙疙瘩瘩的大鼻子。还有几个前额正中长着独角。虽然他们长相各异，但有一点却完全相同：在这一百张脸中，每一张的表情都悲痛无比。他们看上去伤心极了，吉尔望着他们，心中的恐惧几乎烟消云散了。她特别想帮助他们快乐起来。

"好啊，"帕德格拉姆一边说，一边揉搓着双手。"这正是我求之不得的。如果这些小家伙还教不会我严肃地对待生活，我就不知道谁能有这本事了。看看那个长着海象胡子的家伙——或者看看那个长着——"

"起来，"地下人的首领说。

他们别无选择。三个人连忙手拉着手站了起来。遇到这种事情，在这种时刻，任何人都想握着朋友的手。那些地下人上前围住他们，硕大柔软的双脚踩着缓慢的步伐，他们有的长了十个脚趾头，有的长了十二个，还有的根本就没有脚趾头。

"前进，"首领命令道，于是他们向前走去。

那团冷光是从一个大圆球里发出来的，圆球位于一根长杆子的顶端，个子最高的小矮人手托长杆，走在队伍的最前面。借着这暗淡的光线，他们看见自己身处一个天然的岩洞；岩洞的洞顶和岩壁疙疙瘩瘩、凹凸不平，裂成很多稀奇古怪的形象，越往前走，石头地面就越往下倾斜。吉尔讨厌黑暗的地下世界，所以她比别人更不能忍受这种环境。

他们越往前走，山洞就越来越低、越来越窄。最后，那个持灯的小矮人站到一边，除了最小的几个，其他小矮人一个接一个地弯下腰去，走进一条又小又黑的裂缝里不见了。吉尔觉得自己再也不能忍受了。

"我不能进去，我不能！我不能！我不愿意！"她气喘吁吁地说。地下人什么也不说，不过他们放低长矛，矛尖直指吉尔。

"沉着点。吉尔，"帕德格拉姆说。"如果进去以后空间不会变宽的话，那些大号的家伙就不会钻进去了。这种地下工程倒是有个好处，我们不会被雨淋湿。"

"哦，你不明白，我不能进去，"吉尔哀号着说。

"想想我在悬崖边上是什么感觉，波尔，"斯克罗布说。"你先走，帕德格拉姆，我跟在她身后。"

“这就对了，”沼泽怪一边双手双膝着地，一边说。

“你紧抓我的脚后跟，波尔，然后斯克罗布再紧抓你的脚后跟。这样我们大家就都舒服了。”

“舒服？”吉尔反问说。不过话虽这么说，她还是俯下身去，用肘部爬了起来。这是个讨厌的地方。你得趴在地上前进，虽然实际只有大约五分钟的路程，他们感觉好像过了半小时似的。

里面热辣辣的。吉尔觉得自己透不过气来。终于，前方露出一丝微弱的光线，地道变得越来越宽，地势也变得越来越高，他们热烘烘、脏兮兮、颤巍巍地爬出了地道口，来到一个奇大无比的洞穴里，这地方看上去根本不像洞穴。

洞穴里充满了若隐若现、朦朦胧胧的光，地下人那盏奇异的灯笼就派不上用场了。长满苔藓的地面柔柔的、软软的，苔藓上长着很多奇形怪状的东西，那东西枝枝杈杈，像树木一样高大，像蘑菇一样松软。那东西彼此之间距离太远，形成不了森林，所以这里看上去更像一个公园。洞穴里绿莹莹、灰蒙蒙的光线似乎就是从这些东西和苔藓里散发出来的。洞顶离头顶一定很远很远，而洞穴里的光线不够强烈，根本照不到洞顶。穿过这个暖和的、轻柔的、令人昏昏欲睡的地方，他们被迫继续前进。这的确令人悲伤不已，不过这悲伤安静柔和，就像轻音乐一样。

他们一路还见到很多奇形怪状的动物，这些动物躺在草地上，吉尔分不清它们是死还是活。它们多半属于暴龙类或者蝙蝠类动物；帕德格拉姆根本不认识其中的任何一种。

"这些动物是这里生长的吗?"斯克罗布问那个守望者。听到有人提问，他似乎很诧异，不过他还是回答说，"不是。它们都是从裂缝和洞穴里钻下来的，从上面世界里掉进地下王国。掉下来的很多，回到阳光世界的极少。据说，世界末日来临的时候，它们才会全部清醒。"

说完这些，他就紧闭嘴巴，洞穴里悄无声息，孩子们觉得他们再也不敢开口说话了。小矮人的赤脚轻轻踩在深厚的苔藓上，没有一丝声响。四周没有风，没有鸟，也没有水声。这些奇怪的动物连呼吸的声音也没有。

他们走了几英里。来到一堵石墙面前，墙上有一个低矮的拱门，穿过拱门就可以到达另一个山洞。这个拱门没有上次那个入口那么狭窄，所以吉尔根本不用低头就能穿过去。

这是一个更为低矮的洞穴，又长又窄，形状和规模像个大教堂。一个身材硕大的人躺在那里呼呼大睡，他庞大的身躯几乎占据了整个洞穴。他的身体比任何巨人都要高大，他的脸庞高贵而美丽，和其他巨人完全不同。他雪白的胡须垂到腰间，胸膛在胡须下面轻轻地一起一伏。不知从哪里发出的一缕纯净银白的光线照射在他的身上。

"那是谁?"帕德格拉姆问道。这么长时间都没人敢说话，吉尔很很诧异他竟然有这股勇气。

"那是时间老人，他曾经是地上世界的一个国王，"守望者回答说。"可是，如今他掉进了地下王国，躺在这里梦想着上面世界的所作所为。掉下来的很多，回到阳光世界的极少。他们说，世界末日到来的时候，他就会醒来。"

出了这个洞穴，他们又进入了另一个洞穴，接着再进入下一个洞穴，就这样一个接一个地走啊走，吉尔数不清到底经过了多少洞穴，不过她知道他们一直在走下坡路，每个洞穴都比前一个洞穴地势更低，一想到头顶上有那么厚重的陆地，你就不由得感到窒息。终于，他们来到一个地方，守望者命人重新点燃那盏光线暗淡的灯笼。接着，他们钻进一个宽大黑暗的洞穴，里面什么也看不见，只看见正前方有一股灰白的沙子正倾泻到静止的水中。不远处，一个小码头旁边停泊着一艘船，船上没有桅杆，也没有风帆，只有很多船桨。他们被带上船，引到船头，在划船手坐的长凳前面有一片空地，船舱的内壁四周有一排弧形的座椅。

"我想知道一件事，"帕德格拉姆说，"以前，我们世界里——也就是上面世界里——有没有人也这样旅行过?"

"在白色沙滩上乘船的人很多,"守望者回答说,"不过——"

"是的,我知道,"帕德格拉姆打断了对方的话。"回到阳光世界里的人极少。你不用再说那句话了。你是个认死理的家伙,对不对?"

两个孩子紧紧挤在帕德格拉姆的左右两侧。在地面上的时候,他们一直觉得他是个令人扫兴的家伙,可是在下面,在这里,他似乎成了他们唯一的慰藉。此时,那盏苍白的灯笼挂在了船的中央,地下人坐到了船桨边,船开始移动了。灯笼的光线照不了多远。眼前什么也看不见,他们只能看见平滑的黑水逐渐消失在一片黑暗之中。

"哦,我们的下场到底会是什么样子?"吉尔绝望地说道。

"喂,你可不能让自己意志消沉啊,波尔,"沼泽怪说。

"有一件事情你必须记住:我们已经回到了正确

的路线上。当初我们打算去废墟城下面，现在我们就在这里。我们又重新依照暗号行事了。"

不久，地下人给他们提供了些食物——一种干脆的、松软的蛋糕，几乎没有任何味道。吃完饭后，他们渐渐地睡着了。等他们睡醒的时候，一切依然如故；小矮人们还在划着船桨，船依然在向前滑行，前方依然是漆黑一片。他们谁也记不清自己醒了多少次，又睡了多少次，也不知道吃了多少次，又睡了多少次。最糟糕的是，你开始感觉自己似乎一辈子就这样度过了：在船上吃喝拉撒，在黑暗中度日如年，你开始怀疑太阳呀、蓝天呀、风呀、鸟呀是否只是一场梦境。

他们已经放弃了希望，也不再有任何畏惧，这时候，他们终于看见前方有灯光——和他们的灯笼一样暗淡的灯光。随后，突然有一盏灯渐渐逼近，他们发现自己的船正从另一艘船边经过。之后，他们又遇到几艘船。他们望穿双眼、两眼发痛，才看见前方有些正在闪烁的灯光，灯光照射着貌似码头、墙壁、塔架、来往的人群。但是，依然听不到任何声音。

"天呐，"斯克罗布说道。"一座城市！"不久，他们发现他说得没错。

不过，这是一座奇怪的城市。城市里灯光那么少，灯与灯之间的距离那么远，还不如我们的世界里分散的村舍呢。不过，借着灯光你能看见的那片地方貌似一个大型海港。放眼望去，只见很多船只正在其中一个地方装卸货物；而在另一个地方，有一包包的货物和一间间的仓库；在第三个地方，有一堵堵的墙壁和柱子，这些墙壁和柱子使人想起巨大的宫殿和庙宇；灯光所到之处，总有没完没了的人群——成千上万的地下人，互相你推我挤，脚步轻盈地行走在狭窄的街道上、宽阔的广场上或者巨大的台阶上。船越来越近，可以听到他们不停运动的轻柔的脚步声；不过到处都听不到任何歌声、喊声、钟声，或者车轮声。这座城市既安静，又黑暗，就像一座蚁穴的内部。

最后，他们的船被牢牢拴紧，横靠在一个码头边。三个人被带上陆地，走进城市。在拥挤的大街上，相貌各不相同的地下人与他们擦肩而过，灰暗的灯光映照在许多忧伤古怪的脸庞上。没有人对陌生人表现出任何兴趣。每一个小矮人都是那么忙碌、那么忧伤，尽管吉尔根本看不出他们在忙些什么，但是他们没完没了地搬来搬去、推来推去、跑来跑去，他们轻柔的脚步声吧嗒吧嗒响个不停。

最后，他们来到一座城堡前，这座看似宏伟的城堡里竟然没有几扇亮灯的窗子。他们被带进城堡，穿过庭院，爬了很多楼梯。最后终于来到一个灯光灰暗的大屋子里。就在屋子的角落——哦，天呐！——有一个拱门，拱门里充斥着全然不同的一种光线；那暖洋洋的光线微微泛黄，就像人类的灯光。灯光映射着拱门里的楼梯，楼梯在石墙之间盘旋而上。灯光似乎是从上面照射下来的。拱门两边各站着一名地下人，貌似哨兵或者仆人。

守望者走近那两个人，对着他们说了一句口令似的话：

"掉进地下世界的很多。"

"回到阳光世界的极少，"那两个人回答说，好像在回应他的暗号。接上暗号以后，他们三个就凑到一起，交头接耳地谈了起来。最后，其中一个仆人说："我告诉你，女王陛下有要事不在。我们最好把这些上面的居民关进监牢等她回来。回到阳光世界的极少。"

就在这时，一个声音打断了他们的对话，吉尔觉得那是世界上最美妙的声音。这声音从楼梯顶上传了下来，清脆，响亮，完全是人类的声音，是一个年轻男子的声音。

"你们在下面纠缠什么呢，马鲁古瑟伦?"那声音大喊道。

"上面世界的人，哈！把他们带到我这里来，马上带上来。"

"殿下，请您谨记，"马鲁古瑟伦开口说道，可是那个声音打断了他的话。

"想让殿下我高兴，最重要的就是服从命令，你这个老嘟囔鬼。把他们带上来，"那个声音喊道。

马鲁古瑟伦一边摇头，一边示意三个人跟着他走上楼梯。每上一级楼梯，光线就变得更亮。墙上挂着富丽堂皇的织锦。在楼梯的尽头，稀薄的帘子透出金色的灯光。地下人打开帘子，站到一边。三个人走了进去，来到一间漂亮的屋子，屋子里布满了富丽的挂毯，干净的壁炉里闪烁着明亮的火光，红葡萄酒和雕花玻璃在桌子上闪闪发光。一个年轻的金发男子起身迎接他们。他相貌英俊，看上去智勇双全、心地善良，不过他的脸色看上去有点不大对劲儿。他身穿黑色衣服，通身看上去有点像哈姆雷特。

"欢迎你们，上面世界的人，"他大声喊道。"不过等等！我请求你们原谅！我之前见过你们两个漂亮的孩子，还有你们这个古怪的领队。我上次碰到的难道不是你们三个吗？在爱汀斯荒原边界的大桥边，我骑着马站在夫人身边？"

"哦，你就是那个一直沉默不语的黑衣骑士？"吉尔尖叫着说。

"那位夫人就是地下王国的女王？"帕德格拉姆没

174

好气地问道。

斯克罗布和帕德格拉姆心有同感，他不由得脱口而出："如果真是这样，那么我觉得她完全是有意把我们打发到巨人城堡，因为那些巨人想要吃掉我们。我很想知道，我们究竟伤害到她什么啦？"

"怎么？"黑衣骑士皱着眉头问道。"小子，要不是看你太年轻，我们两个武士想必得为这次口角决一死战。我听不得任何有损夫人荣誉的话语。不过这一点你们可以放心，不管她对你们说了什么，她都是一片好意。你们不了解她。她是集所有美德于一体的一束花：忠诚、宽容、坚定、高贵、勇敢，等等等等。我是知无不言。仅就她对我的仁慈而言，我是无以回报的，这种善行可以流传一段绝好的历史佳话。不过，你们今后会了解她、喜欢她的。哦，你们到地下王国有何贵干？"

帕德格拉姆还没来得及制止，吉尔就脱口而出了："我们正在设法寻找纳尼亚王国的瑞廉王子。"说到这里，她意识到自己冒了一个可怕的风险；这些人有可能是敌人啊。不过，骑士对她的话毫无兴趣。

"瑞廉？纳尼亚？"他神情冷漠地说。"纳尼亚？那是什么国家？我从来没听说过这个名字。那一定是千里之外的上面世界的某个地方吧。你们来这里，来夫人的王国里寻找这个——叫什么名字？——彼廉？特力廉？这简直是白日做梦。说实在的，据我所知，这里没有你们要找的人。"说完，他高声大笑。吉尔暗想，"好奇怪啊，他的脸上有什么不对劲的地方吗？他是不是有点没头没脑？"

"我们接受派遣来寻找刻在废墟城石头上的信息，"斯克罗布说道。"而且我们看见了那几个字：**在我下面**。"

骑士笑得比刚才更开怀了。"你们又上当受骗了，"他说。"那几个字跟你们的目的毫不相干。你们只要求助一下我的夫人，她就会给你们更好的建议。其实，那几个字只是远古时代一个长句子遗留的残迹，夫人记得清清楚楚，原句是这样写的：

虽然如今身处地下，失去了王座，但是，我在世的时候，整个世界都在我下面。

"这句话清清楚楚地告诉我们，古代巨人王国中某个伟大的国王长眠在此，他命人在自己的坟墓上用石头刻下这句自吹自擂的大话；但是，有些石头断裂破碎了，有些石头被搬走去盖新房子，还有些断石中间又填满了碎石瓦砾，结果就只留下四个字可以看见。你们还以为那是写给你们的暗号，这岂不是天下最最荒唐的笑话吗？"

这话犹如一瓢冷水浇在斯克罗布和吉尔的背上；因为在他们看来，那几个字很有可能与他们寻找王子的使命毫不相干，这么说来，他们无意间上当受骗了。

"你们别在意他说的话，"帕德格拉姆说道。"我们的向导是阿斯兰；那位巨人国国王命人刻字的时候，他就在现场，他知道这些字会引起很多事端；包括这件事情。"

"你们这位向导一定是个大寿星，朋友，"那位骑士一边说，一边又大笑起来。

吉尔开始觉得他的笑声有点讨厌。

"不过在我看来，阁下，"帕德格拉姆回答说，"如果你的那位夫人还记得最早刻在石头上的句子，她想必也一定是个寿星。"

"你很机灵，青蛙脸，"骑士一边拍了拍帕德格拉姆的肩膀，一边笑着说道。"而且你说的是事实。她是神仙一族，长生不老。我对她感恩不尽，因为她对我这个凡夫俗子无比慷慨。诸位想必知道，我是一个饱受痛苦折磨的人，除了女王，没有人会对我如此耐心。我说了耐心，对不对？不过事实远不止如此。她还承诺送给我一个上面世界的大王国，等我做了国王，仁慈的她就会嫁给我。不过，这个故事说来话长，你们还是坐下来吃点东西再听吧。来人呐，谁在那里！把酒端来，再拿些上面世界人吃的食物，请你们坐下来，先生们。小姑娘，坐在这张椅子上。你们一定要从头到尾听一遍。"

第十一章

在黑暗的城堡里

仆人端来了鸽肉馅饼、冷火腿、凉拌菜和蛋糕，几个人把椅子朝饭桌前挪了挪，开始吃饭，骑士则继续讲着他的故事：

"朋友们，你们必须明白，我根本就不知道自己是谁，也不知道自己从哪里来到这个黑暗世界。我只记得自己住在这位仁慈的女王的宫廷，而之前的一切我都不记得了；不过，我的观点是：她把我从某个邪恶的魔咒里解救出来，然后又非常慷慨地把我带到这里来。直率的青蛙脚，你的杯子空了。我来受累给你添满吧。我觉得这很有可能，因为即使现在，我依然受魔咒摆布，只有夫人才能使我解脱。每天夜里，我都会发作一个小时，我的思想会发生可怕的变化，精神变化之后，就是身体的变化。一开始，我会变得脾气暴躁，四处撒野，如果不把我绑住，我会冲过去杀死我最亲爱的朋友。之后不久，我就会变成一条巨大的毒蛇，饥肠辘辘，凶猛残暴，冷酷无情。阁下，请您再吃一块鸽脯吧。这是他们告诉我的，毫无疑问他们说的都是真话，因为我的夫人也这么说。我自己对此一无所知，因为过了这一小时的发作期，当我清醒的时候，我会恢复原形，神志正常，但是我会完全忘记自己发作时的丑恶模样。小姑娘，再吃点蜂蜜蛋糕吧。这东西来自遥远的南方，是他们从某个荒蛮的地方专门给我带来的。女王陛下凭借自己的法术知道，一旦她把我立为上面世界某个国家的国王，一旦我的头顶戴上王冠，我就会摆脱这个魔咒。那个国家已经物色好了，就在我们通往地上的那个洞口的出口处。她的地下人正在夜以继日地忙碌着，在那个洞口下面挖一条隧道，这条隧道已经挖得很远很远、很高很高，离地上人脚下的草地已经不到二十英尺。所以，要不了多久，厄运就会降临在这些地上人的头上。夫人今晚亲自去参与挖掘工作，我在这里等候消息。到时候，阻碍我和我的王国的这层薄薄的地表就打通，她会在前面引导我，我身后是一千个地下人，我将会全副武装、打马扬鞭、出其不意地袭击我们的敌人，杀死他们的首领，摧毁他们的重地，二十四小时之内，我会毫无悬念地成为他们的国王。"

"这对他们来说可有点儿倒霉，对吗？"斯克罗布说道。

"你不愧是个睿智少年，思维很敏捷！"骑士大声惊叫道。"我以自己的名誉担保，我之前从来没有想到过这些，我理解你的意思。"有那么一会工夫，他看上去有些许的心烦意乱；不过他的脸色很快就转阴为晴，又开始一边大笑，一边说："噢，呸！世界上还有比这更滑稽可笑的事情吗？想想看，他们正忙着自己手头的事情，做梦也不会想到就在他们宁静的田野和地板下面，只有一英尺之遥，有一支庞大的军队，准备像喷泉一样突然爆发！而他们对此却一无所知！哎呀，一旦疗完战败的创伤，他们自己也别无选择，只能对这个妙计一笑了之!"

"我一点儿也不觉得有什么可笑的，"吉尔说道。"我觉得你会成为一个邪恶的暴君。"

"什么?"骑士一边有点恼怒地拍打着自己的脑袋，一边依然笑着说。"我们这位小姑娘是位深不可测的政治家? 不要害怕，心肝儿。在治理国家方面，我一定会对夫人的建议言听计从，她很快也会成为我的王后。她的话语就是我的法律，同样的道理，我的话会成为我征服的臣民的法律。"

"在我的家乡，"吉尔越来越不喜欢这个年轻人了，她说，"大家瞧不起那些任由妻子摆布的男人。"

"我敢保证，等你有了自己的男人，你就不会这么想了，"骑士显然觉得这个话题非常有趣。"不过，和我的夫人在一起，那就是另外一回事儿了。我心甘情愿一辈子对她言听计从，因为她无数次把我从危险中拯救出来。母亲对孩子再操心尽力，也比不过夫人对我的恩重如山。嗨，你们看，尽管日理万机，为了让我的眼睛习惯阳光，她还是常常陪我骑马到上面的世界。上去的时候，我必须全副武装，放下面罩，这样就不会有人看见我的脸，我也不能和任何人说话。夫人之所以这样做，是因为凭借法力，她发现与上面世界的人攀谈会妨碍我从魔咒中解脱出来。这样的夫人难道不值得男人全身心地崇拜吗？"

"听上去的确是位非常正派的夫人，"帕德格拉姆说话的语气表达着完全相反的意思。

晚饭还没吃完，他们就已经彻底厌倦骑士的话题了。帕德格拉姆琢磨着，"我真想弄明白，那个女巫究竟给这个小傻瓜施了什么诡计，"斯克罗布则在想，"他真是个没长大的幼稚鬼：整天绕着女人的围裙转；他是个笨蛋。"吉尔也在想，"这么久以来，他是我遇到的最没头没脑，最骄傲自负，最自私自利的蠢猪了。"不过，晚饭结束的时候，骑士的语气发生了变化。

再也听不到他的笑声了。

"朋友们，"他说，"快接近我的时辰。让你们看到我的样子我真的很惭愧，可是，我害怕孤身一人。他们马上就会过来，把我的手脚捆在那边的椅子上。哎，只能这样了：因为他们告诉我，我狂怒的时候，会把手脚够得着的东西全部摧毁。"

"喂，"斯克罗布说道，"你被施了魔咒我深感遗憾，不过，等那些家伙来捆绑你的时候，他们会怎么处置我们呢？他们曾经说过要把我们关进监狱。我们一点儿也不喜欢那些黑暗的地方。如果可以的话，我们愿意待在这里，直到你……好转。"

"你考虑得很周到，"骑士说。"按照惯例，在我恶魔缠身的时候，只有女王陪在我身边。她之所以这么仁慈，是为了顾及我的名誉，她宁肯自己忍受，也不愿让别人受累听到我说那些胡言乱语。不过，我不大可能说服那些地下侍从，让他们同意你们留在这里陪我。我觉得我已经听到楼梯上响起他们轻柔的脚步声了。赶快穿过那边的门，那扇门通往我的另一个房间。你们在那里，要么等我松绑后过来；要么，如果你们愿意的话，在我发疯的时候，你们坐在我的身边陪伴我。"

他们听从他的安排，从一扇门里走出了房间。他们欣喜地发现，这扇不知什么时候打开的大门不是通向黑暗，而是通向一个亮着灯光的走廊。他们试着打开不同的门，发现了他们急需的洗漱用水和镜子。"晚饭前他也不让我们洗洗手，"吉尔一边擦干脸，一边说道。"自私自利，以自我为中心的猪猡。"

"我们是回去看看那个魔咒呢，还是就待在这里？"斯克罗布问道。

"我选择留在这里，"吉尔说。"我宁愿不看那种把戏。"不过，她还是觉得有点好奇。

"不，我们回去吧，"帕德格拉姆说道。"我们也许可以打听到一点消息，我们需要一切可以得到的消息。我敢确定，那位王后是个女巫，是我们的敌人。一旦看见我们，那些地下人一定会把我们的脑袋打破。这里有股味道，充满了危险、谎言、魔法和不忠，这味道比我以前闻到的任何味道都要浓烈。我们得眼观六路，耳听八方，处处留心呀。"

于是，他们返回走廊，轻轻推开房门。"没事儿，"斯克罗布说，他的意思是四周没有地下人。三个人趁机回到他们吃晚饭的那间屋子里。

此时，屋子的大门已经关上。骑士坐在一张稀奇古怪的银椅上，他的脚踝、膝盖、胳膊肘、手腕和腰部通通都绑满了绳子。他满头大汗，脸上的表情十分痛苦。

"进来吧，朋友们，"他一边说，一边迅速地看了他们一眼。"我还没有发作呢。你们不要出声，因为我告诉那个爱好打听的仆人你们已经睡觉了。现在，我能感觉到自己马上就要发作了。快！趁着我自己还能做得了主，听我讲几句话。等我发作的时候，也许我会用最好听、最可怕的语气恳求你们为我松绑。他们说我会这样做。你们不要听我的话。你们一定要堵住耳朵，硬起心肠。因为只有把我绑起来，你们才会平安无事。一旦我站起身来，逃出椅子，我就会狂怒不已，然后——"他开始发抖——"就变成一条可怕的毒蛇。"

"不用害怕，我们不会给你松绑的，"帕德格拉姆说，"我们不想见到野人，也不想见到毒蛇。"

"我们也不想，"斯克罗布和吉尔异口同声地说道。

"不管怎么说，"帕德格拉姆又低声补充道。"我们不能那么深信不疑。我们要时刻保持警惕。你们知道，我们已经错过了其他暗号。一旦开始发作，他一定会耍滑头，这一点我毫不怀疑。我们能不能做到彼此信任？我们能不能承诺，不管他说什么，我们都不要碰那些绳子？不管他说什么，你们愿意吗？"

"非常乐意！"斯克罗布说。

"无论他说什么，无论他做什么，我的主意都不会改变的，"吉尔说道。

"嘘！发生什么事情了？"帕德格拉姆说。

原来是骑士在呻吟。只见他脸色灰白，在椅子里痛苦地扭动着。不知道是出于对他的怜悯，还是出于别的什么原因，吉尔觉得他看上去比之前更像个好人了。

"啊，"他呻吟着。"魔法，魔法……沉甸甸的，乱糟糟的，冷飕飕的，湿漉漉的，邪恶的魔法网络。活活被埋葬，拖到地下，掉入无边的黑暗中……这样过去了多少年？……我在这魔窟里究竟活了十年，还是活了一千年？周围全是怪物。哦，发发慈悲吧。放我出来，让我回家吧。让我感觉微风，让我看看天空……那里以前有个小池塘。一眼望去，你可以看见树木在水中的倒影，一片绿色，再往下看，很深很深的地方，是湛蓝的天空。"

之前，他一直在用低沉的声音讲话；此时，他抬起头来，眼睛盯着他们，提高音调，明白无误地说：

"赶快！现在我神志清醒了。每天夜里我都会清醒。如果我能在此时离开这张魔法椅子，我的神志就会一直处于常态，这样我就会又变成一个男子汉。可是，他们每天晚上都会把我绑在这里，所以我错过了一次次的机会。不过，你们不是敌人，我不是你们的囚犯！赶快！割断这些绳子。"

"站稳脚跟！沉住气，"帕德格拉姆对两个孩子说。

"我求求你们听我说，"骑士竭力克制自己，语气平静地说。"他们是不是告诉你们说，一旦把我从椅子上解救出来，我就会杀死你们，然后自己变成一条毒蛇？一看你们的脸色就知道他们给你们讲过了。这些都是谎言。我的神志只有在这一个小时里是正常的；其余时间里我都被施了魔法。你们既不是地下人也不是巫婆，为什么你们要站在他们一边？请你们发发慈悲，割断绳子吧。"

"沉住气！沉住气！沉住气！"三个人彼此告诫说。

"哦，你们真是铁石心肠啊，"骑士说。"相信我，你们面前这个可怜的人经历了常人难以忍受的痛苦。我究竟做过什么对不起你们的事情，你们竟然与我的敌人为伍，置我于如此不堪的痛苦之中而不顾？时间在一分分流逝，你们现在就可以救我了，等这个小时一过，我就又要变成蠢货了——变成玩具，哈巴狗，不，变成爪牙和工具，被设计圈套陷害男人的最恶毒的女巫豢养。无数个夜晚，只有今晚她不在！你们会让我错过一个千载难逢的机会。"

"这太可怕了。我真希望我们不在现场，等他发作完了再回来，"吉尔说道。

"沉住气！"帕德格拉姆说。

此时，骑士的声音变成了尖叫。"喂，让我走吧。把我的剑递给我。我的剑！一旦我获得自由，我要向地下人报此深仇大恨，我要让地下世界永世传诵我的复仇故事！"

"他开始发狂了，"斯克罗布说道。"我希望这些绳子结实耐用。"

"是的，"帕德格拉姆说。"如果放开他，他现在的力气会比原来大一倍。我可不是舞剑高手。他一定会杀了我们两个，我对此毫不怀疑，然后，波尔就只好只身一个去应对那条毒蛇了。"

被囚禁的骑士此时拼命挣扎，绳子深深地嵌进他的手腕和脚踝里。"小心，"他说。"小心。有天晚上，

190

我真的挣脱了绳索。可是，那时候女巫在场。今晚她不在这里，帮不了你们的忙。如果你们现在放了我，我就是你们的朋友，否则，我将和你们不共戴天。"

"他很狡猾，对不对？"帕德格拉姆说。

"我们来做个了断吧，"骑士说道，"我恳求你们给我松绑。以所有我害怕和所有我热爱的人的名义，以上面世界明亮的天空的名义，以伟大的狮王的名义，以阿斯兰本人的名义，我命令你们——"

"啊！"三个人不由得大叫起来，仿佛受了重伤。"这是暗号，"帕德格拉姆说。"这是暗号中的话啊，"斯克罗布小心翼翼地说。"哎呀，那我们该怎么办呢？"吉尔问道。

这是个可怕的问题。如果因为他偶然一次喊了一个他们最在意的名字，他们就释放他，那么，他们当初信誓旦旦地说不在任何条件下释放他又有什么意义？话说回来，如果他们不打算按照暗号的指令办事，那么学习这些暗号又有什么意义呢？难道阿斯兰真的想让他们为一个人松绑？哪怕这个人是个疯子？

只要他是以阿斯兰的名义提出要求的？这会不会纯属偶然？如果地下世界的女王知道暗号，于是就故意让骑士学会阿斯兰的名字，然后引诱他们掉入陷阱，又该怎么办？不过，假如这是真的暗号，那又该怎么办啊？他们已经错过了三个暗号，他们不敢再错过第四个了。

“哦，要是我们知道真相就好了！”吉尔说道。

“我觉得我们知道，”帕德格拉姆说。

“你的意思是，你觉得，如果我们给他松绑，一切都会迎刃而解？”斯克罗布说。

“这个我不知道，”帕德格拉姆说。“你们知道，阿斯兰根本没有告诉波尔会发生什么事情。他只告诉她该怎么办。这小子自由之时就是我们丧命之日，我对此毫不怀疑。不过这样我们就不会错过暗号了。”

他们站在那里，面面相觑，两眼铮亮。这是个可怕的时刻。“好吧！”吉尔突然说道。“让我们来做个了断吧。再见，各位！”他们彼此握手告别。此时，骑士正在尖叫，他满嘴冒泡，两颊全是泡沫。

"来吧，斯克罗布，"帕德格拉姆说。他和斯克罗布拔出宝剑，朝着被囚禁的骑士走了过去。

"以阿斯兰的名义，"他们一边说，一边井然有序地割断绳子。

一旦获得自由，那囚徒立刻连蹦带跳地穿过房间，抓起自己刚才放在桌上的宝剑，拔剑出鞘。

"首先是你!"他大叫着劈向那把银椅。那把剑一定是上等宝剑。银椅刚碰到剑刃就像绳子一样应声断裂，顷刻间化作少数几个弯曲的碎片，在地板上闪闪发亮。不过，银椅破裂的时候，迸发出一阵亮光，同时有一种低沉的打雷声，还冒出一股令人作呕的气味儿。

"躺在那里吧，卑鄙无耻的魔法机器，"他说，"免得你的女主人再用你坑害其他人。"说完，他转过身来，望着自己的救命恩人。此时，他脸上那种莫名其妙的不大正常的神情已经荡然无存。

"什么?"他对着帕德格拉姆说。"站在我面前的是沼泽怪吗——一个真真正正的、活生生的、诚实可靠的纳尼亚沼泽怪?"

"哦，这么说来你还是听说过纳尼亚这个名字的?"吉尔说道。

"难道我中魔的时候会忘掉这个名字吗?"骑士问道。"这一点和其他症状从此以后再也不会有了。你们完全可以相信：我知道纳尼亚，因为我就是瑞廉，纳尼亚王子，凯斯宾大帝就是我的父王啊。"

"尊贵的殿下，"帕德格拉姆一边说，一边单膝跪地。两个孩子也跟着跪了下来。

"我们到这里来不为别的，就是为了寻找您。"

"那么，另外这两位救命恩人是谁?"王子问斯克罗布和吉尔。

"我们受阿斯兰本人指派，从天涯海角之外来这里寻找殿下，"斯克罗布说。"我是尤斯塔斯，曾经与凯斯宾国王一起航海去过拉曼杜岛。"

"你们三个的恩情，我永生难以偿还，"瑞廉王子说。"可是我的父王呢? 他还健在吗?"

"殿下，在我们离开纳尼亚之前，他又扬帆出海，去了东方。"帕德格拉姆说。

"不过，殿下您得体谅体谅，陛下已经非常苍老了，他十有八九会死在航海路上。"

"你说，他老了。那么，我被女巫挟持多久了？"

"自从殿下从纳尼亚北部的树林走失以后，已经有十多年了。"

"十年！"王子用手摸了摸脸，仿佛要擦去过往的一切。"是啊，我得相信你。既然我已经恢复正常，我自己也记得中魔的生活，虽然中魔的时候，我记不清自己的真实状况。好啦，亲爱的朋友们——不过，等等！我听到楼梯上有他们的脚步声。那种黏黏糊糊、无声无息的脚步声难道不让人觉得恶心吗？伙计，把门关上。要不你们就待在这里吧。我有一个更好的主意。如果阿斯兰赋予我足够的智慧，我想和这些地下人开个玩笑。你们照我的指令行事吧。"

他毅然决然地走上前去，把门打开。

第十二章

地下世界的女王

两个地下人走进了大门，不过他们没有继续进屋，而是一边一个站在大门两侧。紧跟在他们身后的是谁也不想见到的那位绿衣夫人，也就是地下世界的女王。她一动不动地站在门口，他们看见她的眼睛四处张望，审视着周围的一切——三个陌生客人，断裂的银椅，重获自由的王子手握着宝剑。

她脸色变得苍白，不过吉尔觉得这不是人们因为惊吓失血而导致的脸色苍白，而是因为愤怒产生的苍白。女巫盯着王子看了一会儿，她的眼里充满了杀机。不过，她好像随即又改变了主意。

“你们退下，”她对两个地下人说。“没有我的命令任何人不得随意打扰我们，否则格杀勿论。”小矮人们言听计从，蹑手蹑脚地告退了。巫婆女王关了门，上了锁。

“哎呀，我的王子殿下，”她说。“你夜夜必发的魔症还没有发作吗？要不然就是已经结束啦？你怎么没有被捆着就站在这里？这三个陌生人是谁？是他们破坏了那把唯一能够救你性命的椅子吗？”

她说话的时候，瑞廉王子浑身哆嗦。这一点毫不奇怪：要想在半小时内摆脱一个主宰了自己十年的魔咒谈何容易。因此，他费了很大力气才说：

“夫人，那把椅子再也派不上用场了。您曾经无数次告诉我说，您深深地同情怜悯我，因为我中了魔法。现在，听到这些魔法终结了，您无疑应该感到很高兴。可是，在处理这些魔法的态度上，夫人您貌似有点偏差。这些真正的朋友们助了我一臂之力。现在我恢复了神志，我有两件事情要和您谈谈。第一，您设计了一套方案，想要让我做地下人的统帅，让我破土而出冲上地面，通过暴力自己称王，统治一个从来没有伤害过我的民族——杀死他们原来的君主王侯，像个残忍的外来暴君抢走他们的王位——既然我已经恢复了神志，我要告诉您，我非常憎恶这个计划，我宣布彻底放弃这种罪恶行径。第二，我是纳尼亚国王的独子瑞廉，我的父王是凯斯宾，凯斯宾十世，人称航海家凯斯宾。正因为如此，夫人，我的目的，也可以说我的使命就是冷不防离开您的宫殿，回到我自己的祖国。请您确保我和我朋友的人身安全，引导我们走出你的黑暗王国。"

此时，女巫沉默不语，只是轻轻地穿过屋子，眼睛紧紧地盯着王子，一刻也不移开。她走到火炉旁边，在一个镶嵌在墙壁上的柜子前停住了脚步。她打开柜子，首先从里面取出一把绿色粉末，再把粉末撒到炉火上。粉末并没有熊熊燃烧，但是却发出一股甜美的、令人昏昏欲睡的味道。这种味道越来越浓，充斥着整个屋子，让谈话的人头脑越来越混沌。接着，她又从柜子里取出一把很像曼陀林的乐器，用手指弹奏起来——那音调没有起伏，没有顿挫，一开始你根本觉察不到。然而，你越是感觉不到，那音乐就会在你的头脑和血液里渗透得越深，你的头脑也同样会发昏。屋子里的甜味变得非常浓烈，她弹了一会儿乐器，便开始说话了，声音甜美而宁静。

"纳尼亚？"她说。"纳尼亚？我经常在殿下您发疯的时候听到这个名字。亲爱的王子，你病得不轻。根本就没有一个叫做纳尼亚的地方。"

"可是，真的有这个地方，夫人，"帕德格拉姆说。"你知道吗，我一直就住在那里。"

"真的，"女巫说道。"恳请你告诉我，那个国家在哪里？"

"就在上面，"帕德格拉姆一边指着头顶，一边斩钉截铁地说。"我——我不知道具体的方位。"

"怎么会呢？"女王一边说，一边笑着，那笑声和蔼可亲、悦耳动听。"难道在上面的石头之间，屋顶的泥土中间有个国家？"

"不，"帕德格拉姆略作挣扎，喘了口气说。"这个国家就在上面。"

"那么，请你告诉我，你所说的上面世界是什么样子，它究竟在哪里？你们为什么把它叫做上面的世界？"

"哦，别说傻话啦，"斯克罗布说，他竭力抗拒着香味和琴声产生的魔力。"好像你对此一无所知似的。这国家就在上面，在那里你可以看见蓝天、太阳和星星。嗨，你自己还去过那里，我们在那里见过你。"

"我请求你宽恕我，小兄弟，"女巫笑着说，那是世界上最可爱的笑声。"我根本不记得曾经见过你们。不过，在梦里，我们经常会在奇怪的地方遇见自己的朋友。除非我们做了同样的梦，否则你不能要求对方也记得你的梦境。"

"夫人，"王子语气坚定地说，"我已经告诉过陛下您我是纳尼亚国王的儿子。"

"将来会是的，我亲爱的朋友，"女巫声音柔和，仿佛在哄小孩，"你可以幻想自己是很多梦想领地的国王。"

"我们也去过那个国家，"吉尔打断女巫的话。她此时非常愤怒，因为她感到魔法正在逐渐控制她的头脑。不过，她尚且能够感知到魔法的存在，这足以说明魔法还没有完全控制她的头脑。

"那么，我毫不怀疑，你就是纳尼亚的王后啦，美人儿，"女巫巧言哄骗，又半带挖苦地说。

"我跟这事毫无关系，"吉尔一边说，一边直跺脚。"我们是另一个世界的人。"

"嗬哟，与刚才那个游戏相比，这个听起来更有趣啊，"女巫说。"告诉我们，小姑娘，另一个世界在哪里？我们的世界和你的世界之间有车船相通吗？"

当然，吉尔的头脑里立刻浮现出很多事物：实验学校，阿德拉·佩妮法瑟，她自己的家，收音机，电影院，汽车，飞机，教材，排队。不过，这一切似乎都那么模糊，那么遥远。"嘣——嘣——嘣"，女巫不停地弹奏着乐器。吉尔再也记不起我们世界里的事物名称了。这一次，她再也感觉不到自己中了魔法，因为魔法已经完全起效了；当然了，受魔法控制越深，你就越觉得自己没有中魔。她发现自己竟然心安理得地说：

"不，我觉得另一个世界一定只是个梦境。"

"对的。这完全就是个梦境，"女巫一边说，一边不停地弹奏着乐器。

"是的，完全是个梦境。"吉尔说。

"根本就没有这样的世界，"女巫说道。

"是的，"吉尔和斯克罗布说，"根本就没有这样的世界。"

"除了我的世界，根本没有别的世界，"女巫说。

"除了您的世界，根本没有别的世界，"他们跟着说。

帕德格拉姆还在苦苦挣扎。"我不知道你们所说的世界究竟是什么意思，"他喘着气说，那样子就好像空气不足似的。"不过，你可以一直弹奏你的乐器，哪怕把你的手指弹掉，但是你不能让我忘记纳尼亚，也不能让我忘记上面的世界。我们再也见不到纳尼亚了，这一点我毫不怀疑。你可以抹杀这一切，让纳尼亚和这里一样漆黑，在我看来，一切皆有可能。可是我知道自己曾经就生活在那里。我曾经见过缀满星星的夜空，我曾经见过太阳早上从海上升起，晚上又在群山后落下。我还看见过中午的太阳，那么明亮，亮得我不敢直视它。"

帕德格拉姆的话唤醒了大家的意识。其他三个人开始重新呼吸，像刚刚睡醒的人那样彼此对望。

"是啊，有道理！"王子大声喊道。"完全正确！阿斯兰保佑这位忠诚的沼泽怪。刚才那几分钟里，我们都在做梦。我们怎么能够忘记呢？我们大家当然都见过太阳。"

"天呐，我们的确见过！"斯克罗布说。"你真是了不起，帕德格拉姆！你是我们中间唯——个理性的人，这一点我坚信不疑。"

这时候，女巫的声音再次响起，那么可爱，那么柔和，仿佛夏天宁静的午后，在古老的花园里高高的榆树上，鸽子在轻声呼唤：

"你们说的太阳是什么样的？你们用这个词特指某个东西吗？"

"是的，我们的确特指一个东西。"斯克罗布说。

"你们能不能告诉我那东西是什么样子？"女巫一边说，一边不停地弹奏着。

"遵命，陛下，"王子语气冷淡，彬彬有礼地说。"你看看那盏灯，又圆又黄，照亮了整个屋子，悬挂在屋顶上。我们称作太阳的东西就像这盏灯笼，只是比这灯笼大得多，也亮得多。它可以照亮整个上面的世界，高高悬挂在天空中。"

"悬挂在什么中，殿下？"女巫问道。他们几个正想着如何回答，女巫又发出一阵银铃般柔和的笑声，补充说道："你看看，你们想方设法想要告诉我太阳究竟是什么，但是你们却说不清楚。你们只能告诉我太阳就像一个灯笼。你们的太阳只是个梦境；在梦境里，一切都是仿照灯笼想象的。灯笼是实实在在的东西，而太阳只是个传说，是孩子们的童话。"

"是的，我现在明白了，"吉尔语气低沉，绝望地说。"应该就是这么回事儿。"说这话的时候，吉尔好像觉得这个判断非常正确。

女巫缓慢而又严肃地重复着，"根本就没有太阳，"他们几个谁也不说话了。女巫用更柔和更低沉的声音重复着，"根本就没有太阳。"犹豫了一会儿，挣扎了一番，他们四个异口同声地说："你说得对。根本没有太阳。"一旦屈服，一旦说出这句话，他们感到无比放松。

"从来就没有太阳。"女巫说。

"是的，从来就没有太阳。"王子说，沼泽怪和孩子们也这么说。

就在最后的一刹那，吉尔觉得自己一定得不惜一切代价牢记某件事情。此刻她终于记起了这件事情。可是，要张口说出来却是那么艰难。她感到双唇上压着重重的东西。终于，她使出浑身气力说道：

"还有阿斯兰！"

"阿斯兰？"女巫一边说，一边稍稍加快了弹琴的节拍。"多好听的名字啊！这名字是什么意思？"

"他是一只伟大的狮子，是他把我们从自己的世界里召唤出来，"斯克罗布说，"他派我们到这里寻找瑞廉王子。"

"狮子是什么东西？"女巫问道。

"哦，岂有此理！"斯克罗布说。"难道你不知道？我们该怎么向她描述呢？你见没见过猫？"

"当然见过，"女巫说道。"我喜欢猫。"

"这么说吧，狮子有点——记住啊，只是有点像一只大猫——身上长着鬃毛。那鬃毛和马的鬃毛不一样，你要知道，那鬃毛更像法官的假发。颜色发黄，极其粗壮。"

女巫摇了摇头。"我明白了，"她说，"我们也不要把你们说的狮子想象得那么好，就像你们说的太阳一样。你们看见了灯笼，就想象出一个更大更好的灯笼，还把它叫做太阳。你们见过猫，于是就想象出一个更大更好的猫，还给它取个名字叫狮子。好了，这都是虚幻的想象，不过，说实话，如果你们年龄再小些，这种想象就更适合你们了。如果不模仿我这个真实世界里的某个东西，你们又怎么才能产生想象力呢？我这个世界才是唯一的世界。不过，就算是你们两个孩子，玩这种凭空想象的游戏也未免太大了点吧。而你，我的王子殿下，你是一个成年人，玩这种把戏真该遭到唾弃！你不为自己感到害臊吗？你们都省省吧。收起这些孩子气的鬼把戏。我会在真实的世界里给你们安排事情做。根本就没有纳尼亚，没有上面的世界，没有天空，没有太阳，没有阿斯兰。现在都去睡觉吧。希望你们明天变得更懂事。不过，首先，上床去吧，睡一觉，沉沉地睡一觉，枕在柔软的枕头上，不要做什么愚蠢的梦了。"

王子和两个孩子耷拉着脑袋站在那里，脸颊泛红，双眼微闭，浑身无力。他们基本上被魔法完全控制了。不过帕德格拉姆却使出浑身力气，不顾一切地走近炉火。在那里，他做出了一个极为勇敢的壮举。他知道，炉火对他的伤害，不会像对人类那么严重，因为他是冷血动物，他的赤脚像鸭掌一样坚硬而有蹼。不过他也知道，炉火也会把自己烧得够呛，但是，他依然做出了这个大胆的决定。

他赤脚踏上火炉，把炉膛里大部分火苗都踩成了灰烬。刹那间，发生了三件事情。

第一，那股浓浓的甜味大为减少。因为尽管炉火没有完全熄灭，但是大部分火苗已经扑灭，留下一股浓浓的沼泽怪烧焦的味道，这种与魔法味完全不同的味道顿时使每个人的头脑变得清醒起来。王子和两个孩子重新抬起头来，睁开了眼睛。

第二，女巫一改一直以来甜美柔和的语调，她放大嗓门，用可怕的声音大声吼道，"你在干什么？你再敢碰碰我的炉火，肮脏鬼，我就把你烧成灰烬。"

第三，脚上的疼痛使帕德格拉姆的头脑顿时彻底清醒，他完全知道自己的真实想法。剧烈的阵痛是解除魔咒的最好方法。

"一句话，夫人，"他一边说，一边从火炉边走了回来，由于疼痛，他走起路来一瘸一拐。"一句话。你刚才说的话非常正确，这一点我毫不怀疑。我是个遇事总往坏处想，做事总用好态度的家伙。所以我承

208

认你所说的一切。不过，即使如此，还有一点必须强调。假如我们只是梦想或者编造了那些东西——树木，草地，太阳，月亮，星星，还有阿斯兰本人，假如这些都是我们的梦幻。那么我唯一能够说的就是，如果是这样，梦幻中的东西似乎比现实中的东西重要得多。假如你王国里这个黑漆漆的地洞就是唯一的世界，那么我觉得这真是个可怜的世界。如果你这样想想，就会觉得滑稽可笑。也许你说得对，我们就只是玩游戏的几个幼稚鬼，不过，四个一起玩的幼稚鬼可以合成一个游戏世界，这个世界可以将你的真实世界打得片甲不留。这就是我为什么力挺游戏世界的原因。即使没有什么阿斯兰领导我，我也坚决站在阿斯兰的一边。即使没有什么纳尼亚，我也要像纳尼亚人那样生活。所以，我真诚地感谢你为我们提供了晚餐，如果这两位先生和那位年轻小姐准备停当，我们就立刻离开你的王宫，在黑暗中启程，冒着生命危险去寻找上面的世界。我想，我们之所以这么做，并不是说我们都是长命百岁的人；不过，如果世界就像你描述的那样阴暗沉闷，失去生命也就不算什么重大损失了。"

"哦，太好啦！老帕德格拉姆真是好样的！"斯克罗布和吉尔大声喊道。

这时候王子突然大叫一声："小心！快看女巫！"

他们回头一看，顿时吓得毛骨悚然。

只见乐器已经从她的手里滑落。她的双臂似乎紧紧粘在了身体的两侧。两条腿缠绕在一起，双脚已经不复存在。长长的绿裙摆变得又厚又硬，好像和缠绕在一起的双腿拧成了一根扭动的绿色柱子。这根绿色柱子弯弯曲曲、摇摇摆摆，似乎没有关节，又似乎全是关节。她的头向后仰着，鼻子越长越长，脸上的其他器官似乎都消失了，只留下两只眼睛。而那双眼睛此时变得又大又红，周围没有眉毛和睫毛。要把这一切都记录下来颇为费时，而事情的发展又是那么迅速，连看一眼的时间都那么局促。他们还没来得及采取任何措施，女巫就完全变成了一条巨大的毒蛇。那毒蛇像毒药一样泛着绿光，像吉尔的腰部那么粗壮，它讨厌的身体已经在王子的腿上缠绕了两三圈。还有一圈像闪电般绕了过来，企图将王子握剑的右臂缠在身上。幸亏王子及时举起双臂，才没有被捆住，那条活结只缠住了他的胸部——准备收紧，把王子的肋骨像木柴一样折断。

王子紧紧抓住那畜生的脖子，使劲紧压想要使它窒息。这样一抓，那畜生的脸距离他的脸只有大约五英寸了。那条分叉的舌头极其恐怖地伸缩着，却怎么也够不着王子。王子伸出右手，拔出宝剑，使出浑身力气劈了下去。与此同时，斯克罗布和帕德格拉姆也拿起武器，冲过来助王子一臂之力。三个人同时刺向毒蛇：斯克罗布的剑刺在王子手臂下面的蛇身上，连蛇的鳞片都没有戳穿，所以没起什么作用，不过王子自己和帕德格拉姆的两剑都刺中了蛇颈。即使这样，也没有完全杀死毒蛇，不过缠在瑞廉双腿和胸膛上的蛇身慢慢松动了。他们接连刺了好多次才把蛇头砍掉。那可怕的畜生死后很久还一直像电线一样缠绕着，蠕动着；可以想象，地板上已经肮脏不堪，乱作一团了。

王子刚刚喘过气来，就说，"先生们，谢谢你们。"三个征服者站在那里，面面相觑，气喘吁吁，很长时间无话可说。吉尔识相地坐在一边，默不作声；她独自心想："希望我不要晕倒，不要哭泣，不要干任何傻事。"

"我们为母后报仇了，"过了一会儿，瑞廉王子说。"这无疑就是那条毒蛇，多年以前，我在纳尼亚林中喷泉边苦苦寻找却没有找到。这么多年来，我竟然沉迷于杀害我母亲的凶手。不过，先生们，我很高兴，这个邪恶的女巫最终现出了它毒蛇的原形。否则，无论从良心上讲，还是从面子上讲，杀死女人总归不大合适。不过，我们来照看一下这位女士吧。"他指了指吉尔。

"我挺好的，谢谢，"吉尔回答说。

"小姐，"王子向她鞠了一躬说。"你有非凡的胆量，我毫不怀疑你出身于你们世界的名门贵族。不过，来吧，朋友们。这里还剩了些酒。让我们提提神，为彼此干杯吧。然后我们再从长计议。"

"真是个绝妙的好主意，殿下，"斯克罗布说。

第十三章

没有女王的地下世界

大家都觉得已经得到了斯克罗布所谓的"片刻休息"。女巫已经把门锁上，吩咐地下人不要轻易进来，所以暂时不会有人来打扰他们。当然，他们处理的第一件事情就是为帕德格拉姆包扎伤脚。他们从王子的卧室里取出几件干净的衬衫，然后把衬衫撕成长布条，在布条里面涂上晚餐桌上的黄油和色拉，做成绝好的敷料。包扎完毕以后，大家坐下来吃了些点心，边吃边商讨如何逃离地下世界。

瑞廉解释说，有很多出口都可以通向地面；大部分出口他都曾经走过。不过，他从来没有独自出去过，每次都是被女巫带领着；而且，要到达这些出口，他每次都要乘船穿过暗无天日的海洋。

如果他去了海港，跟随在身边的不是女巫，而是三个陌生人，四个人直截了当地要求开走一条船，那些地下人会怎么说，他们谁也无法预料。不过他们很有可能会问一些棘手的问题。另一方面，那些为了入侵上面世界新挖的出口，就在海的这一边，离这里不过几英里远。王子知道，这条通道差不多就要完工了；施工的地方离地面只有几英尺的距离。

很有可能这条通道已经完工了。也许女巫回来就是为了告诉他这个消息，然后准备发起进攻。即使通道没有完工，他们也只消自己沿着施工路线挖几个小时——前提是没有人阻挡他们的行程，而施工现场也没人防守。不过，这些正是问题的症结所在。

"依我看——"帕德格拉姆刚要说话，斯克罗布就打断了他。

"嗨，"他问道，"那是什么声音？"

"我也一直在纳闷儿呢!"吉尔说。

实际上，他们一直都能听到这个声音，只是音量在逐渐变大，他们竟然记不起这声音开始的具体时间。曾经一度，那是微风般隐约的骚动，是远处交通工具的轰鸣。接着那声音变成了海洋的呻吟。再后来变成了咆哮声和隆隆声。此时，似乎除了声音，还有剧烈的轰鸣声。

"借助狮王的神力，"瑞廉王子说，"这个沉默的国家好像终于开始说话了。"他站起身来，走近窗户，拉开窗帘。其他几个人都蜂拥过来围着他向外张望。

他们首先看到的是一片巨大的红光。这红光的映像把他们头上数千英尺的洞穴顶部照得通红，他们看见了一片岩石天花板，也许这天花板在创世纪的时候就一直隐藏在黑暗之中。这红光来自城市的另一端，很多阴森宏伟的建筑在红光的衬托下显得格外黑暗。不过，红光也同样照射在很多通往城堡的街道上，街道上正发生着一件非常奇怪的事情。那些挤作一团，默不作声的人群突然不见了。相反，人们四处奔波，或独行，或三三两两。他们好像不愿意被人看见似

216

的，偷偷行走在扶壁的阴影下或者门道里，一到空旷地带，他们就飞速跑动，钻进新的隐蔽处。不过，对于了解小矮人世界的人来说，最奇怪的现象，莫过于这里有了声音。四面八方都响起了大喊大叫声。不过，一阵低沉的咆哮声从港口传了过来，那声音越来越大，越来越大，震撼着整个城市。

"地下人怎么啦？"斯克罗布问道。"是他们在叫喊吗？"

"这简直不可能，"王子说。"在被囚禁的这些年里，我从来没有听过这些小家伙大声说话。我敢确定，这一定是什么新把戏。"

"那边的红光是什么？"吉尔问道。"是什么东西着火了吧？"

"依我看——"帕德格拉姆说，"那是地球中心的火正在喷发，形成一座新火山。我们就处在新火山的正中心，这一点我毫不怀疑。"

"快看那艘船！"斯克罗布说。"为什么那船跑得那么快？没人划船啊。"

"看呐，看呐!"王子说。"那艘船已经到达海港的这一侧了——船就在大街上。看呐! 所有的船都驶进城里来啦! 我的天呐，海水在上升。洪水马上就要到来了。赞美阿斯兰，虽然这座城堡处在高地上，但是海水以迅雷不及掩耳之势冲了上来。"

"哦，会发生什么事情呢?"吉尔大声喊道。"又是火呀，又是水的，街上到处都是躲闪的人群。"

"我来告诉你这是怎么回事儿，"帕德格拉姆说。"这个女巫设定了一连串的魔咒，这样，无论什么时候，只要她被杀害，她的王国就会在顷刻间支离破碎。她知道杀死她的人五分钟后就会被烧死，活埋或者淹死，所以就算是死，她也不会太在意，她就是这种货色。"

"你说对了，我的沼泽朋友，"王子说。"我们的宝剑砍掉女巫脑袋的时候，她的所有魔法就全部终结了，现在，地下王国正在分崩离析。我们正在目睹地下世界末日的到来。"

"正是如此，殿下，"帕德格拉姆说。"但愿这不是整个世界的末日。"

"可是，我们就打算待在这里——等着?"吉尔气喘吁吁地问。

"依我之见，绝对不能待在这里，"王子说。"我要去庭院的马厩里解救两匹马，我的那匹名叫黑炭，女巫的那匹叫做雪花，那是一匹高贵的好马，配得上更好的主人。等我出来，我们就得赶快骑马逃到高处，但愿我们能够找到一个出口。必要的时候，一匹马上可以坐两个人，如果我们强行驱赶，它们可以跨过洪水。"

"殿下您不佩戴盔甲?"帕德格拉姆问。"我不喜欢看到这些，"说着，他指了指下面的街道。所有的人都向下张望。

很多人正从海港方向走了过来，距离那么近，一眼就看出他们是地下人。这些人不是漫无目的胡乱走动，他们像发起冲锋的现代士兵，一边急速向前，一边寻找隐蔽，想方设法躲开城堡窗户里的视线。

"我不敢再看盔甲的内部，"王子说。"我穿上它就像坐在一个活动的地牢里，那里散发着魔法和奴役的恶臭。不过，我要带上盾牌。"

说完，他走了出去，片刻之后，他返回屋子，两眼闪烁着奇异的光芒。

"看呐，朋友们，"他一边说，一边伸手把盾牌拿给他们看。"一个小时以前，这盾牌还暗淡无光，上面也没有图案；可是，现在，看这儿，"那盾牌已经变得银光闪闪，上面还有一个比鲜血比樱桃更红的狮子头像。

"毫无疑问，"王子说道，"这意味着阿斯兰将是我们的伟大领袖，无论是死是活，为了这一点，我们就是一个合体。现在，依我之见，我们应该跪下身来，亲吻阿斯兰头像，像即将分离的好朋友那样彼此握手。然后，我们就俯身冲进城里，去迎接命中注定的冒险。"

于是，大家按照王子的吩咐行事。和吉尔握手的时候，斯克罗布说道，"再见，吉尔。很遗憾我一直都是个鼠头鼠脑的懦夫。我希望你能平安回家。"

吉尔说，"再见，尤斯塔斯。很遗憾我一直都是个猪头。"这是他们彼此之间第一次用名字称呼对方，因为在学校里，他们都不这样称呼对方。

王子打开门，他们一起走下楼梯，三个人手握出鞘的宝剑，吉尔则手拿一把出鞘的匕首。那些侍从已经无影无踪，楼梯下偌大的屋子里空空荡荡。

那些灰蒙蒙、阴森森的灯笼还在燃烧，借着这灯光，他们轻而易举地穿过一条条走廊，爬下一段段楼梯。城堡外面的嘈杂声在这里远不如在楼上屋子里那么明显。屋子里面空无一人，死气沉沉。他们转了个弯来到一楼的大厅里，这时才碰到了第一个地下人——一个长着猪头肥脸的大白胖子，正在狼吞虎咽地吃着饭桌上的残羹冷炙。见到他们，那家伙像猪一样嚎叫了一声，冲到一张长凳下面，长长的尾巴晃悠着躲开了帕德格拉姆的追赶。接着，他又飞快地从另一扇门冲了出去，再也无法追上。

他们从大厅来到庭院。吉尔假期上过骑术学校，此时她正好闻到一股马厩味儿，在地下世界能闻到这种味道，那真是既亲切又实在。尤斯塔斯说："天呐！看那里！"一阵华美壮观的焰火从城墙后面的某个地方升起、爆裂，然后化作绿色繁星坠落下来。

"烟花！"吉尔茫然地说。

"是的，"尤斯塔斯说，"不过，你不要误以为那些地下人燃放烟花是为了娱乐！这一定是个信号。"

"这个信号一定对我们不利，我敢肯定，"帕德格拉姆说。

"朋友们，"王子说，"人，一旦开始冒险，就必须将希望和恐惧置之度外，否则，无论是毁灭还是解脱，他的名誉和理智都不会得到及时保全。"

"哈，我的美人们，"他打开马厩门，"嗨，兄弟姐妹们！沉住气，黑炭！温柔点，雪花！我不会忘记你们的。"

两匹马被奇异的灯光和嘈杂的声音吓得惊恐万分。吉尔当初在穿过山洞间的洞口时那么胆小怯懦，现在却能够毫无畏惧地站在两匹牲畜之间，任由它们跺脚，任由它们喷鼻。一会儿工夫，她和王子就给马装好了马鞍和笼头。两匹马从马厩出来的时候，摇头摆尾，看上去神采奕奕。

吉尔跨上雪花马，帕德格拉姆坐在她的背后，尤斯塔斯则骑上黑炭马，坐在王子的背后。伴随着一阵马蹄的回声，他们骑马冲出大门，来到街上。

"看来我们没有被烧伤的危险了。凡事总要往好处想，"帕德格拉姆一边指着右边，一边评论说。只见离他们不到一百码的地方，海水正拍打着房屋的墙壁。

"拿出胆量来!"王子说。"那边的道路很陡峭。海水只蔓延到城里最高的山岗的腰部。起初半小时，海水可能会离我们很近，接下来的一个小时里，水位不会发生变化。我担心的倒不是这个——"说着，他挥剑指着一个高大的地下人，那家伙长着野猪獠牙，身后跟着六个形状各异，身高不同的地下人。他们刚从侧街冲出来，就躲进房屋的阴影下面，这样就不会暴露踪影了。

王子引领着大家，朝着那堆燃烧的红光左侧前进。他打算绕过那堆火，登上一片高地，希望能够在那里找到新挖的出口。与其他三人不同的是，他似乎有点自得其乐。他一边骑马，一边吹着口哨，哼唱着一首古老歌曲的片段，歌颂着阿钦兰王国霹雳拳王柯林的传奇事迹。实际上，他因为长期受魔法控制，一旦获释，兴奋之情难以抑制，相比之下，所有的危险似乎只是一场游戏而已。然而，其他几位同伴的看法却完全不同，他们觉得这是一次可怕的旅行。

身后是轮船的碰撞声和纠缠声，还有建筑物倒塌的隆隆声。头顶是地下世界顶部那一大片血红的亮光。前方是一种神秘的红光，那光线似乎一直没有发生变化。从那里不断传来嘈杂的声音：呼喊声，尖叫声，唏嘘声，大笑声，咆哮声；各种烟花升上黑暗的夜空。谁也不知道这一切究竟是什么意思。离他们稍微近点，城市的一部分笼罩在红光底下，还有一部分被阴森森的小矮人灯笼的光线笼罩着。除此之外，还有很多地方两种光线都照不到，漆黑一片。就是在这些地方，时时刻刻都有地下人的身影在飞速地进进出出，他们的双眼始终盯着这几位陌生人，始终躲避着这几个人的视线。这些地下人有的长着大脸，有些长着小脸，有些长着鱼一样圆圆的大眼睛，有些长着熊一样眯眯的小眼睛。有的长着柔软的羽毛，有的长着粗硬的鬃毛，有的长着犄角，有的长着獠牙，有的鼻子像鞭子，有的下巴像胡须。他们时不时会遇到一大群地下人，还有的地下人靠他们太近，这时候王子就会挥舞宝剑，做出要驱赶他们的架势。那些家伙就会一边溜进黑暗中，一边发出各种各样古怪的声音：呜呜呜，吱吱吱，咯咯咯。

他们爬过很多陡峭的街道，彻底远离了洪水，几乎出了城市来到了内陆地区。这时，情况变得更加严峻起来。他们现在离红光很近，差不多在一个水平线上，但是他们仍然看不出那红光是什么东西。不过，借助光线，他们把敌人看得更清楚了。一百多——也许几百多——小矮人正朝着那片红光前进。他们步履匆忙，随时都有可能停下脚步，转身面向身后这几个陌生人。

"殿下，依我看，"帕德格拉姆说，"这些家伙是想在前方掐断我们的道路。"

"这正是我的想法，帕德格拉姆，"王子说。"我们不可能从这么多人中间冲出去。你们听着！我们先往前骑，赶到远处那座房子旁。一到那里，你们就悄悄躲进隐蔽处。小姐和我再继续往前走几步。毫无疑问，有些家伙会尾随我们；他们一定会密密麻麻地躲在我们身后。你有一双长臂膀，如果有人经过你的埋伏地，尽量抓一个活口。这样我们就能从他口中打听到真相，知道他们为什么要和我们作对。"

"可是，其他人会不会一起蜂拥而上来抢我们抓住的俘虏呢，"吉尔故作镇定，可是她的声音依然不够沉着。

"那么，小姐，"王子说，"你将会目睹我们在你身边血战而死，你一定要向阿斯兰致敬。行动吧，帕德格拉姆。"

沼泽怪像只猫一样迅速溜进了阴影里。其他几个人痛苦地向前走了一两分钟。这时候，他们身后突然传来一连串令人毛骨悚然的尖叫声，叫声中混杂着帕德格拉姆熟悉的声音，那声音说道："好啦！别叫唤了，免得受伤。否则你真的会受伤的，懂不懂？人家还以为在杀猪呢。"

"真是一次成功的抓捕，"王子一边大声说，一边立刻调转马头回到屋子的拐角处。"尤斯塔斯，"他说，"帮帮忙，你牵着黑炭马的头。"说完，他跳下马背，其他三个人都默不作声地看着他把帕德格拉姆抓到的俘虏拽到了亮处。这是一个非常可怜的小矮人，只有大约三英尺高。他长着一双粉色的小眼睛，头顶有一个像硬鸡冠似的脊梁，他的嘴巴和下巴又大又圆，看上去活像一只矮河马。要不是身陷困境，他们一定会被这么可笑的家伙逗得捧腹大笑。

"喂，地下人，"王子一边用剑刃顶着那俘虏的脖子，一边盯着他说，"老实点，小矮人，实话实说你就能获得自由。跟我们耍花招你就死定了。帕德格拉姆，你把他的嘴巴捂得那么紧，他怎么说话啊？"

"对，我是不该捂紧他的嘴巴，但是他也不能咬我呀，"帕德格拉姆说，"我可不是冒犯您啊，如果我也长了你们人类那种柔软可笑的双手，现在我一定浑身是血了。他一直这么咬着，连我这样的沼泽怪也招架不住啊。"

"小子，"王子对小矮人说，"再咬一口你就没命了。帕德格拉姆，让他张嘴说话。"

"喔喔——咦咦，"地下人尖叫着说，"放开我，放开我。不是我干的。"

"什么不是你干的?"帕德格拉姆问道。

"随便阁下说的什么事情，我都没干，"那畜生回答说。

"告诉我你叫什么名字，"王子说，"今天你们地下人为什么到处乱跑?"

"哦，阁下，求求你们了，好心的先生们，"小矮人呜咽着说。"请你们答应，不要把我说的话告诉女王陛下。"

"你所谓的女王陛下，"王子神色肃穆地说，"已经死了。我亲手杀死了她。"

"什么!"小矮人惊诧不已,那张滑稽可笑的嘴巴越张越大。"死啦?女巫死啦?阁下您亲手杀的?"他长长地舒了口气,又接着说,"这么说来,阁下您是朋友!"

王子把剑收回了一两英寸。帕德格拉姆则放开小矮人让他站立起来。他眨巴着闪烁的红眼睛仔细看了看四个陌生人,咯咯咯地笑了一两声,然后开始说话了。

第十四章

世界的底部

"**我**的名字叫格尔格,"小矮人说,"我要把自己知道的一切都告诉你们。大约一小时以前,我们都在忙着干活儿——我应该说,那是她的活儿——我们神情沮丧,默不作声,多年以来,我们每天都是这样。这时候突然传来'嘣'的一声巨响。刚听到这个声音,每个人就开始自言自语:我很久没有唱歌,没有跳舞,也没有燃放爆竹了;为什么会这样?每个人都在思考。哎呀,我一定是被魔法迷住了。接着,每个人又开始自言自语:我不知道自己为什么搬运这么沉重的东西,我再也不想继续搬运了。

说到做到，我们扔掉麻袋，扔掉绳子，扔掉工具。大家一转身就看见了那边的大片红光。于是每个人都开始自言自语：那是什么？每个人又自己回答说：那是一个裂缝的开口，一股温暖美丽的光线射了进来，那种光线来自底下几千英寸的真正的地下王国。”

“天呐，”尤斯塔斯惊叫一声说，“这底下还有别的王国吗？”

“当然有啦，阁下，”格尔格说。“很可爱的地方，我们把那里叫做比斯姆王国。我们现在所在的这个女巫的王国被称作浅滩王国。这里离地面太近，不适合我们居住。哎！你们最好住到外面，住到地面上去。要知道，我们这些可怜的小矮人都来自比斯姆王国，女巫用魔法来迷惑我们为她干活儿。那声巨响解除了魔法。在此之前，我们忘记了一切的一切，我们不知道自己是谁，也不知道自己从哪里来到哪里去。除了对她言听计从，我们什么也不干，什么也不想。这么多年，她一直给我们输入忧郁沮丧的情绪。我差不多已经忘记怎么讲笑话，怎么跳舞了。可是，就在巨声响起、裂缝打开、海水上涨的那一刹那，一切都恢复了正常。我们大家都理所当然地赶快出发，顺着裂缝走下去，回到自己的家乡。你能看见他们在那边燃放烟花，兴高采烈地翻跟头。如果你们能够放我走，让我加入他们的行列，我将不胜感激。"

"我觉得这简直太精彩了，"吉尔说。"我们砍下了女巫的脑袋，不仅解救了自己，还使这些小矮人们获得了自由，这实在让人高兴！更让我兴奋的是，其实和王子一样，他们并不可怕，也不忧郁，和看上去的不一样。"

"好倒是好，波尔，"帕德格拉姆小心翼翼地说。"不过在我看来，那些小矮人们不像是逃跑的样子。依我看，他们看上去更像部队正在集结。看着我的脸，格尔格先生，告诉我，你们不是在准备打仗吧?"

"我们当然正在准备打仗，阁下，"格尔格说。"你知道，我们根本不知道女巫已经死了。我们以为她正在城堡上看着我们。我们正想不被她发现偷偷溜走。这时候，你们三个手握宝剑骑着大马冲出了城堡。大家理所当然地想，追兵来了，我们根本就不知道殿下您不是和女巫一伙的。于是，我们下定决心，即使是决一死战也不放弃回到比斯姆王国的希望。"

"我发誓，你是一个诚实的小矮人，"王子说。"放他走吧，帕德格拉姆朋友。至于我嘛，我也曾像你和你的同胞一样被魔法迷惑，我最近才记起自己究竟是谁。不过，我还有一个问题要问。你知道怎么去新挖的通道吗，就是女巫打算率领军队去攻打上面世界的那条通道？"

"咦——咦——咦！"格尔格尖叫着说。"是的，我知道那条可怕的通道。我可以带领你们去通道的入口处。但是，如果你们想让我陪着一起进入通道，那可绝对不行，打死我也不会答应。"

"为什么呢？"尤斯塔斯好奇地问道。"陪同我们去那里有那么可怕吗？"

"那里离地面、离外面太近了，"格尔格颤抖着说。"这是女巫对我们做的最狠毒的事情。她打算把我们带到外面——带到空旷的世界里。他们说那里根本就没有屋顶，只有可怕的、空荡荡的一大片叫做天空的东西。那条通道已经挖得够远了，只要再挖几铲子就可以出去了。我可不想靠近那里。"

"好哇！你终于说到有用的话题了！"尤斯塔斯大声喊道。吉尔接着说道："不过，上面一点儿也不可怕。我们就住在那里。"

"我知道你们地上人住在那里，"格尔格说。"不过，我觉得你们是因为找不到通往地下的道路才住在上面。你们不可能真正喜欢那里——像苍蝇一样在世界的顶端爬来爬去！"

"你现在就给我们指路怎么样?"帕德格拉姆问道。

"吉时已到，"王子大喊一声。一行人就这样出发了。王子重新跨上坐骑，帕德格拉姆与吉尔同骑一匹马，格尔格在前面带路。他一边走，一边高声呐喊，说女巫已死，四个地上人并不危险。听到这个消息的小矮人们相互传播着这个喜讯，没过多久，整个地下世界回响起了呐喊声和欢呼声，成千上万的小矮人手舞足蹈，有的侧身翻，有的玩倒立，有的玩跳背，他们燃放起了巨大的爆竹，围拢在黑炭马和雪花马的周围。

一路上，王子把自己中了魔法又获得解救的故事讲了至少有十遍。

就这样，他们来到了裂缝的边缘。这个裂缝大约有一千英尺长，两百英尺宽。他们跳下马，来到裂缝边缘往下看。一股浓烈的热气扑面而来，热气中混合着一种从来没有闻过的味道。这味道油腻腻、热辣辣，刺激得人只想打喷嚏。裂缝深处非常明亮，一眼望去他们立刻头晕眼花，什么也看不见了。等他们慢慢习惯的时候，才发现那是一条火河，河两岸似乎是令人难以忍受的炙热的田野和树林——不过，与那条火河相比，河岸的光线相对比较暗淡。蓝色、红色、绿色和白色混杂在一起：那效果，就像正午时分，热带太阳直射进一面彩色玻璃窗一样。就在崎岖不平的裂缝边缘下面，成千上万的地下人正像苍蝇一样迎着亮光向上攀爬着。

"阁下，"格尔格说道。大家转身看它的时候，都头晕目眩，只能看见一团漆黑。

"阁下，为什么不去比斯姆王国转转？与外面那个冰冷裸露、毫无遮拦的世界相比，那里会让你们感觉更幸福更快乐。要么，至少你们下来做个短期参观。"

吉尔想当然地认为，其他几位伙伴一定都不会听信这个馊主意。然而，令她惊恐万分的是，她听到王子说：

"说实话，格尔格朋友，我有点心动，想跟你到下面看看。因为这是一次绝妙的冒险经历，前无古人，后无来者。在此之前，恐怕没有人类拜访过比斯姆王国，今后也不会有这种机会了。自己曾经有能力去探索地球的最深处，如果选择放弃，随着岁月的流逝，我不知道当我回想这段往事的时候，会不会心有不甘？但是，人类在那里能生活吗？你们不会在火河里游泳吧？"

"哦，不，阁下。我们不会。只有火蜥蜴才居住在那里。"

"火蜥蜴是什么样的动物?"王子问道。

"很难给它们归类,阁下,"格尔格说道。"因为它们又白又热根本无法直视。不过,它们很像小龙。离开火河的时候,它们会和我们说话。它们能言善辩,口才极好。"

吉尔连忙瞥了一眼尤斯塔斯。她原以为尤斯塔斯会和她一样,不喜欢钻到裂缝下面这个馊主意。看见他的脸色都变了,她不由心里一沉。他看上去和王子神情相仿,再也不像实验学校的那个斯克罗布。因为此时,他的脑海里正浮现着自己以前所有的冒险经历,他在回忆所有和凯斯宾国王航海的日子。

"殿下,"他说。"如果我的老朋友老鼠雷佩契普在这里的话,他一定会说如果我们不去比斯姆王国冒险,我们的声誉就会大打折扣。"

"在下面,"格尔格说,"我可以给你们看看什么是真正的黄金、白银和钻石。"

"胡说八道!"吉尔粗鲁地说。"你以为我们不知道，我们现在已经身处最深的矿井下面了。"

"不对，"格尔格说。"我听说过你们地上人所谓的矿井，那是地球外层的小划痕。你们在那里挖到的都是死黄金、死白银和死宝石。但是，在下面的比斯姆王国，黄金白银和宝石都是活生生的，能够不断生长。我可以采一串串红宝石让你吃，还可以榨满满一杯钻石果汁给你喝。一旦你品尝过比斯姆王国活生生的珍宝，你就懒得去摸你们浅矿挖出的那些冷冰冰的死宝石了。"

"我父王去了世界的尽头，"瑞廉若有所思地说。"如果他的儿子去了世界的最深处，这将是一件令人称奇的事情。"

"我觉得您的父亲更愿意在他的有生之年见到你，如果殿下想满足您父亲的心愿，"帕德格拉姆说，"那我们就该去寻找那条新挖的通道了。"

"不管什么人怎么劝，反正我是不会钻进那个洞里去的，"吉尔接着说。

"哎呀，如果阁下下定决心想要回到上面世界去，"格尔格说。"那么你们还要走一段比这里更低的路。再说，也许，如果洪水继续上涨的话……"

"哦，走吧，走吧，我们赶快出发吧!"吉尔恳求说。

"恐怕必须得这么做了，"王子深深叹了口气说。"不过，我把自己的半颗心都留在比斯姆王国了。"

"求你们了!"吉尔乞求说。

"路在哪里?"帕德格拉姆问道。

"一路上都有灯光，"格尔格说，"阁下在远处裂缝的另一侧就能看到那条路的起点。"

"那些灯能亮多久?"帕德格拉姆问道。

就在这时候，一种像火一样尖厉的嘶嘶声从比斯姆王国深处呼啸而出。(事后他们怀疑那是不是火蜥蜴的声音。)

"赶快! 赶快! 赶快! 到悬崖上去，到悬崖上去，到悬崖上去!"那声音说道。"裂缝关闭了。关闭了。赶快! 赶快!"话音未落，只听得一阵噼噼啪啪、嘎吱嘎吱的响声，岩石移动了。他们眼看着那道裂缝慢慢变窄。来得晚的小矮人们从四面八方蜂拥而入。他们不是等待机会爬下岩石，而是急匆匆地跳了进去，要么是因为那股热浪太过强烈，要么是因为其他什么原因，只见他们像树叶一样纷纷飘落。飘浮的小矮人越来越稠密，黑压压一大片几乎覆盖了那条火河和长着活宝石的树林。"再见了，大人们。我要告别了，"格尔格一边大声喊着，一边跳了下去。他身后只有为数不多的几个小矮人了。此时，裂缝已经变得只有小溪流那么宽了。

裂缝越来越窄，一会儿就只有邮筒的投信口那么大了，再过一会儿就只剩下一条明亮的细线了。这时候，伴随着一阵猛烈的撞击，那强度就像一千节货车撞上一千对缓冲器，岩石的边缘彻底合拢了。那股热烘烘、晕乎乎的气味儿也随之消失了。只留下四个冒险家孤零零地站在地下世界，这里比刚才更加黑暗。只有苍白无力、暗淡无光、沉闷凄凉的路灯指引着道路的方向。

"我说，"帕德格拉姆说，"我们可能在这里逗留得太久了，不过我们还是不妨试试看。那些灯五分钟后就会熄灭，这一点我毫不怀疑。"

他们催马扬鞭，神气十足地沿着灰暗的通道一路小跑，扬长而去。不过刚一开始，前面就变成了下坡路。放眼望去，如果没有看到山谷对面的灯光越来越高，他们还真的会以为格尔格指错了路线。不过，山谷谷底的灯光照射的是流水。

"赶快，"王子大声叫道。他们飞快地冲下斜坡。要是晚到五分钟，谷底的水势就非常严峻了，潮水正像磨坊急流一样涌入山谷，如果水位太高，就得游泳过去，两匹马显然不大能够胜任。好在此时水位只有一两英尺深，尽管马腿四周水流湍急，大家还是安全抵达了对岸。

接着，他们开始爬山，人困马乏，一眼望去，前方除了一路向上的苍白的灯光，什么也看不见。回头一看，海水正在不断上升。所有地下世界的小山此时都变成了岛屿，只有那些岛屿上还亮着灯光。每时每刻，远处的灯光都在消失。没过多久，到处都变得一

241

团漆黑，只有他们脚下这条路还亮着灯光，不过，在他们身后地势较低的地方，灯光所照之处，已经变成了水面。

尽管他们应该迅速赶路，但是两匹马得不到休息就无法继续前行。于是他们只好停下了脚步：默默地倾听着海浪的拍打声。

"我怀疑那个叫做时间老人的现在是不是已经被淹没啦？"吉尔说道。"还有那些奇怪的沉睡的动物们。"

"我觉得我们还没到那么高的地方呢，"尤斯塔斯说。"你难道不记得我们来到这个暗无天日的海边走了多少下坡路吗？我觉得大水还没有淹到时间老人的那个洞穴呢。"

"这倒有可能啊，"帕德格拉姆说，"我更感兴趣的是这条路上的灯。看上去有点苍白，对不对？"

"这些灯一直就是这样的，"吉尔说。

"是的，"帕德格拉姆说。"不过现在灯光更绿了。"

"你的意思不会是说，这些灯快要熄灭啦?"尤斯塔斯喊道。

"行了，你知道的，不管这些灯是靠什么燃烧的，你不能指望它们永远亮下去呀。"沼泽怪回答说。"不过，你不要垂头丧气啊，斯克罗布。我一直在观察着水呢，我觉得水位没有刚才涨得那么快了。"

"这是个小小的慰藉，朋友，"王子说。"如果我们找不到出去的路，我请求你们宽恕我。因为我的骄傲自大和异想天开，大家在比斯姆王国的入口处耽误了时间。现在，让我们继续前进吧。"

接下来的一个多小时里，吉尔有时觉得帕德格拉姆关于路灯的说法颇有道理，有时又觉得自己只是在凭空想象。与此同时，地貌正在发生改变。地下世界的顶部离他们已经很近了，借助微弱的灯光，他们可以清晰地看到顶端。

他们还看见地下世界两侧巨大崎岖的墙壁正在慢慢靠拢。实际上，脚下的道路正引领他们走向一个陡峭的隧道。他们跨过一把把铁镐，绕过一支支铁锹，经过一辆辆独轮车，还跨越了许多别的工具，这些都是挖掘工人最近使用的工具。如果百分百可以从这里走出去的话，看到这些工具无疑会让人精神振奋。不过，一想到要钻进一个越来越狭窄、越来越难以转身的洞穴，难免又让人心生不悦之情。

最后，地下世界的顶部变得非常低矮，帕德格拉姆和王子的脑袋都碰到上面了。一行人都跳下马背，牵着马前行。道路崎岖不平，大家得小心翼翼，步步留神。也就是这时候，吉尔才注意到光线越来越暗了。这是一个不争的事实。其他人的脸色在绿光的映射下看上去既陌生而又可怕。突然之间，吉尔情不自禁地发出一声尖叫。前方的一盏灯完全熄灭了。他们身后的灯也不亮了。顿时，他们的眼前一片漆黑。

"拿出勇气来，朋友们，"瑞廉的声音从黑暗中传了出来。"无论我们是死是活，阿斯兰都是我们的好领袖。"

"您说得对，殿下，"帕德格拉姆的声音说道。"而且你必须时刻牢记，死在这里有一个好处：节省了一笔丧葬费。"

如果你不想让别人知道你有多害怕，沉默是最明智的选择；因为你的声音会出卖你。吉尔于是闭口不言。

"与其站在这里，不如继续前进，"尤斯塔斯说道；听得出他的声音在颤抖，吉尔顿时觉得自己沉默不语是多么的明智。

为了避免慌张中撞到其他东西，帕德格拉姆和尤斯塔斯伸出双臂，走在前面；吉尔和王子牵着马紧随其后。

"喂，"过了很久，尤斯塔斯的声音说道，"是我的眼睛有问题了还是上面有些亮光了？"

大家还没来得及回答他的问题，帕德格拉姆就喊了起来："停！我碰到了一个死胡同。这里是泥土，不是岩石。你刚才说什么，斯克罗布？"

"狮王作证，"王子说道，"尤斯塔斯说得没错儿。有一种——"

"不过，那不是日光，"吉尔说。"只是一种冷冰冰的蓝光。"

"但是，聊胜于无，"尤斯塔斯说。"我们能不能站起身来迎上去？"

"那光不在我们的头顶上，"帕德格拉姆说道。"虽然就在上面，但是是在我碰到的这堵墙里面。波尔，怎么样，你可不可以站在我的肩膀上，看看能不能爬上去？"

第十五章

吉尔失踪了

他们站着的地方依旧漆黑一团，那点光线没有照亮他们周围的任何东西。其他人只能听到吉尔努力爬上沼泽怪后背的声音，根本看不见吉尔本人。于是，他们一会儿听见沼泽怪说，"你不必把手指戳进我的眼睛里。"一会儿又听见他说，"也不要把脚放进我的嘴里。"一会儿又说，"这样还差不多。"一会儿又说，"喂，我要抓住你的双腿。这样你的胳膊就可以撑着地面，保持平衡。"

这时候，他们抬起头来，立刻发现一个黑影，那是吉尔的脑袋在那片光线下的投影。

"怎么样啊?"他们焦急地冲着吉尔喊道。

"是个洞穴,"吉尔高声说。"如果再把我抬高点,我就可以钻过去了。"

"你看见洞里有什么东西吗?"尤斯塔斯问道。

"什么也看不见,"吉尔说。"喂,帕德格拉姆,松开我的腿,这样我就可以站在你的肩膀上。我自己可以靠着地面保持平衡。"

他们听见她在挪动,看见她的身子投射在亮光下,实际上,她的上半身全部都在外面了。

"喂——"吉尔开口了,可是,突然间她大叫一声:那声音并不尖厉。

听上去好像她的嘴巴被人捂住了,要么就是有人给她的嘴里塞了东西。过了一会儿,她又有了声音,似乎在拼命地扯着嗓门大喊,不过他们听不见她在喊什么。与此同时,发生了两件事情:那片灯光突然完全消失了;他们听到了一阵扭打声和挣扎声,还听到沼泽怪的喘气声:"快!帮帮忙!抓住她的双腿。有人在拽她。在那边!不是这里。来不及了!"

那个洞口，以及洞口那道冷清清的光线又清晰可见了。吉尔消失得无影无踪。

"吉尔！吉尔！"他们疯狂地大喊着，可是，没有人应答。

"你为什么不能抓住她的双脚？"尤斯塔斯说。

"我不知道，斯克罗布，"帕德格拉姆叹了口气说。"我天生就是个行为怪异的人，这一点儿也不奇怪。这都是命中注定的。波尔命中注定是要死的，就像我在哈尔方城吃了能言鹿一样无法回避。当然，我并不是说我自己毫无过错。"

"这是我们遇到的最羞耻、最伤心的事情，"王子说。"我们将一位勇敢的女士置于敌人的魔爪，自己却躲在后面平安无事。"

"不要把我们想得那么坏，殿下，"帕德格拉姆说。"我们自己也不安全，只会饿死在这个洞穴里。"

"我不知道自己的身体够不够小，可不可以钻过吉尔刚才进去的那个洞？"尤斯塔斯说。

下面所说的事情是吉尔的真实经历。她刚从洞穴里伸出脑袋，就发现自己不像是从底下往上看，而是从上往下俯瞰，就好像自己正站在楼上的窗边一样。由于在黑暗中待得太久，她的眼睛起初根本无法看清眼前的事物：只是她知道自己看到的不是期盼已久的灿烂日光。

空气似乎冷得要命，光线暗淡而忧郁。四周有很多嘈杂声，许多白色物体在空中四处飞散。就是在这个时刻，她俯身对帕德格拉姆喊着要站在他的肩膀上。

站上肩膀以后，她看得更清楚，听得更明白了。刚才听到的声音分为两种：一种是几个人在跺脚踩节拍；一种是四把小提琴、三支笛子和一面大鼓在合奏一首曲子。她也弄清了自己所处的位置。原来她正从一个洞穴往外张望，这个洞穴位于一个陡峭的山坡上，这个山坡向下倾斜，离地面大约有十四英尺。眼前的一切都是白花花的，很多人不断在四处走动。

吉尔倒吸了一口凉气！原来那些人是修长苗条的羊怪农牧神，长着叶冠的树精迈着轻盈的脚步跟在羊怪们身后。乍看上去，他们好像在四处走动；后来她才看清原来他们正在跳舞——那种舞蹈步骤复杂，动作繁多，你得花点时间才能看懂意思。突然间，她发现那种暗淡忧郁的光线原来是月光，地上那些白花花的东西其实是雪。当然！漆黑寒冷的夜空上还有星星在眨眼呢。舞蹈演员身后那些高大黝黑的东西原来是树木。他们不仅终于回到了上面世界，而且还来到了纳尼亚王国的心脏部位。吉尔觉得自己简直要高兴昏了；那疯狂的音乐极度甜美又不乏怪异，充满了正义的魔法，正如女巫弹奏的乐曲充满邪恶的魔法一样。这音乐让吉尔感到格外兴奋。

这一切看起来简单，说起来却颇费点时间。吉尔几乎即刻转身，她想冲着其他伙伴喊，"喂！没关系啦，我们出来啦，我们回家啦。"可是，她刚喊完"喂"就说不下去了。原因很简单：原来，在舞蹈演员的外围，有一圈小矮人在转圈，他们身着鲜红的盛装，衣服上带着软毛风帽，镶着金色流苏，脚穿皮质的长筒马靴。这些小矮人一边转圈一边兴高采烈地扔雪球。吉尔开始看见的那些白色物体就是小矮人们扔出的雪球。这些小矮人可不像英国傻小子那样往舞蹈演员身上扔，他们随着音乐的节奏，选择绝佳的时机，跟着舞蹈的脚步，对准目标扔过去，如果所有的舞蹈者都能够在准确的时间站在确定的位置上，那么雪球就不会砸中任何人。这叫做大雪舞，这种舞蹈在纳尼亚每年举行一次，时间是有积雪的第一个月夜。当然，这既是一种舞蹈，也是一种游戏，因为，有时候某个舞者会偶然出点小差错，他的脸就会被雪球击中，这时候，所有人都会哈哈大笑。不过，一个由高手组成的舞蹈队，小矮人和乐师们可以连续几个小时不被雪球击中。遇到晴朗的夜晚，寒冷的空气加上喧天的鼓声，猫头鹰的尖叫声衬托着白晃晃的月光，这一切与这些林地人的狂野性情完美结合，他们会变得更加狂野，一直跳到黎明时分。但愿你有机会亲眼目睹这种壮观场面。

吉尔刚刚说完"喂"就闭嘴的原因其实很简单，因为在队伍的另一边，一个小矮人扔的一只大雪球穿过舞者，不偏不倚正好砸中她的嘴巴。她其实一点也不在乎，此时，就算有二十只雪球也败不了她的兴。不过，不管你心里有多高兴，满嘴是雪是讲不出话的。往外吐出几口之后，她又可以说话了，她激动万分，忘记了身后黑暗中的几个伙伴还不知道这个好消息呢。她从洞穴里尽量探出身子，冲着舞者们大声叫喊。

"救命！救命啊！我们被埋在山里了。快来把我们挖出来。"

那些纳尼亚人根本就没注意到山坡上有个小洞，听到呼喊，自然十分惊讶，他们四处胡乱张望了半天，才找到了声音的来源。一看到吉尔，他们就立刻跑了过来，能爬上山坡的人都爬了上来，十几只手同时伸了出去。吉尔抓住他们的手爬出了洞口，头朝下滑倒在山坡上。她站起身来，说：

"哦，赶快去把其他人挖出来。除了两匹马，里面还有三个人。其中一个是瑞廉王子。"

说这话的时候，她已经被一群人围在了中间，因为除了那些舞者，还有各种各样的动物在观看舞蹈呢，这些她当初没有看见的动物也都跑了上来。大批小松鼠从树上纷纷降落，猫头鹰也像阵雨似的洒落下来。刺猬们迈着短腿蹒跚摇摆着，以他们最快的速度冲了过来。熊和獾的步子更加缓慢。一只巨大的黑豹兴奋地摇着尾巴，走在队伍的最后面。

刚听明白吉尔的话，大家就迅速行动起来。"铁镐和铲子，小伙子们，铁镐和铲子，去拿我们的工具！"小矮人们一边说一边飞速冲进树林。"把鼹鼠叫醒，他们是挖洞的天才。他们和小矮人一样乐善好施，"一个声音说道。"她说的瑞廉王子是怎么回事？"另一个声音问。

"嘘！"黑豹说。"这可怜的孩子疯了，不过，这也难怪，毕竟她在山洞里迷路这么久。她根本就不知道自己在说什么。"

"说得对，"一只老熊说。"哎呀，她还说瑞廉王子是一匹马！"

"不，她没这么说，"一只松鼠非常冒失地说。

“是的，她就是这么说的。”另一只松鼠说话更冒失。

“这的确是真——真的。别——别这么糊涂，”吉尔说。她之所以说话结结巴巴，是因为天太冷，她的牙齿在打颤。

一个森林树精立刻给她披了一件皮斗篷，斗篷的主人是个小矮人，刚刚脱下衣服去拿工具，一个彬彬有礼的羊怪穿过树林，一路小跑去一个地方给她拿热饮，吉尔看见那里有个山洞，山洞里亮着火光。不过，还没等羊怪回来，小矮人已经带着铲子、铁锹和锄头扑向了山坡。

这时候，吉尔听到一阵嘈杂的叫喊声。有人说，“嗨！你在干什么？把剑放下，”有人说，“喂，年轻人，不要这样，”还有人说，“他是个邪恶的家伙，对不对？”吉尔慌忙跑了过去，眼前的一幕让她哭笑不得，她看见尤斯塔斯苍白肮脏的脸从漆黑的洞穴里钻了出来，他右手挥舞着宝剑，只要有人接近，他就会突然刺向对方。

尤斯塔斯的举动一点儿也不奇怪。原来，在刚才那段时间里，尤斯塔斯和吉尔的经历完全不同。他听到了吉尔的叫喊声，看见她消失在不知名的地方。跟王子和帕德格拉姆一样，他以为是什么敌人掳去了吉尔。况且，从下面往上看，他根本不知道那道苍白忧郁的光线是月光。他以为这个洞穴只会通向另一个洞穴，那里闪烁的一定是幽灵似的磷光，里面住着地下世界不知名的邪恶动物。因此，他说服帕德格拉姆背着自己站起来，拔出宝剑，探出脑袋。这对他已经是个非常勇敢的壮举了。其他两位都宁愿自己上阵，可惜洞口太小，他们根本无法爬过去。尤斯塔斯比吉尔身材只大一点点，动作却笨拙得多。他向外张望的时候，脑袋撞到了洞穴顶上，积雪顿时掉落下来，弄得他满脸都是。终于重见天日的时候，他看见很多人影拼命朝着自己冲了过来，于是就想方设法拼命抵挡。

"住手，尤斯塔斯，住手，"吉尔大声叫道。"他们都是朋友。难道你看不见吗？我们已经来到纳尼亚啦。万事大吉啦。"

尤斯塔斯这时才看清楚了，他向小矮人们赔礼道歉，小矮人们对他说没关系。和刚才帮助吉尔一样，十几只粗壮多毛的小手拉着他爬出了洞穴。接着，吉尔趴在山坡上，脑袋贴着黑暗的洞口，大声把这个好消息报告给困在下面的两个朋友。当她说完转身的时候，听见帕德格拉姆在嘟囔：

"啊，可怜的波尔。真难为她了，最后还想着我们。她脑子坏了，我一点儿也不感到奇怪。她开始产生幻觉了。"

吉尔和尤斯塔斯重逢了，他们互相握着手，深深地呼吸着午夜里自由的空气。有人给尤斯塔斯也送来了一件暖和的斗篷，还给他们两个端来了热饮。他们慢慢享用饮料的时候，小矮人们已经把山坡上洞穴周围的积雪和草皮铲掉了一大片，他们欢快地挥动着铁镐和铲子，那节奏就像十分钟前羊怪和树精跳舞的步伐。只有十分钟时间！然而，对于吉尔和尤斯塔斯而言，他们感觉在黑漆漆、热烘烘、令人窒息的地底下的一切历险不过是一场梦罢了。这里空气寒冷，头顶是月亮和硕大的星星（纳尼亚的星星比我们世界的星星大），周围是慈祥欢快的笑脸，谁还相信有什么地下世界呢。

他们还没喝完热饮，十几个鼹鼠已经到场了，他们刚刚被唤醒，睡眼朦胧。不过一听到事情的来龙去脉，他们都心甘情愿地干了起来。连羊怪也来助一臂之力，亲自用小推车运送挖出来的土，松鼠兴奋地来回蹦跳着，不过吉尔根本不相信他们知道自己在干什么。熊和猫头鹰很乐于出谋划策，他们不断地询问孩子们要不要去那个有火光的山洞取取暖，吃个早饭。不过，孩子们可不忍心离开这里，因为他们的朋友还没有获救呢。

我们世界里干挖洞这种行当的人技艺远远比不上小矮人和会说话的鼹鼠；不过话说回来，鼹鼠和小矮人根本就没把干这活儿看作一个行当。他们喜欢挖洞。所以，他们根本没用多长时间就在山坡上挖了一个大黑洞。从黑洞中第一个走进月光下的，是高个子、细长腿、戴着尖顶帽子的沼泽怪，后面是瑞廉王子，他的身后跟着两匹高头大马——如果不知道这两个人是谁，你一定会大吃一惊。

帕德格拉姆刚一现身，四处就响起了大喊声："哎呀，是沼泽怪——哎呀是老帕德格拉姆——来自东方沼泽的帕德格拉姆——你干什么去了，帕德格拉姆？——到处都有搜索队在搜寻你的踪影——特拉普金大人贴了告示，还提供赏金呢！"不过这嘈杂声顷刻间变成了死一般的沉默，正如一个校长突然开门走进一间吵吵嚷嚷的宿舍，那宿舍会立刻变得鸦雀无声。原来大家看见王子了。

没有一个人怀疑他的身份。很多动物、树精、小矮人和羊怪都记得他中魔之前的形象。有些老人还记得他的父亲凯斯宾国王年轻时的容貌，他们在他身上看到了老国王的影子。总而言之，他们都认识他。尽管由于长期囚禁在地下王国，他脸色苍白，尽管他身穿黑衣，尽管他满身尘土，尽管他头发蓬乱，但是他脸上的仪态和通身的气质是不容置疑的。这种仪容是所有真正的纳尼亚国王所特有的，这些真正的国王遵照阿斯兰的意愿治理国家，坐在凯尔帕拉维尔宫殿里的至尊王彼得的宝座上。

大家立即脱下帽子，跪倒在地；片刻之后，大家欢呼着，叫喊着，跳跃着，旋转着，相互握手，彼此拥吻，如此欢快的气氛使吉尔不禁热泪盈眶。他们这一路的千辛万苦都变得那么有价值。

"殿下请，"最年长的那个小矮人说，"远处的山洞里正在准备晚餐，原打算大雪舞跳完之后就用餐。"

"求之不得，老人家，"王子说。"今晚，没有哪个王子、骑士、绅士或者哪只熊能与我们四个流浪者比胃口。"

人群开始慢慢散开，大家穿过树林，走向山洞。吉尔听到帕德格拉姆正在和围在他身边的听众说话。"不，不，我的故事以后再说。发生在我身上的事情都不值一提。我倒是想听听这里的新闻。不要讲得慢条斯理，我要一口气听完。国王的船有没有出事？有没有发生森林火灾？卡乐门边境有没有发生战争？有没有几条龙来骚扰，这个我毫不怀疑？"所有的动物都哈哈大笑起来，他们说，"你说话这样子，不就是个活脱脱的沼泽怪吗？"

两个孩子又累又饿，几乎要晕倒了，但是山洞里面那么温暖，山洞里跳跃的火苗映照在四周的墙壁上、柜子上、杯子上、碟子上和光滑的石头地板上，和农家厨房里一模一样，这景象令他们精神为之一振。

尽管如此，晚饭备好的时候，他们还是睡着了。他们沉睡的时候，瑞廉王子把自己的整个经历讲给动物和小矮人中的那些贤明的长者听。现在，他们都明白了事情的前因后果；原来，一个邪恶的女巫（毫无疑问，这女巫和以前曾经给纳尼亚带来寒冷冬季的女巫是一伙儿的。）一手策划了整个事件，她先谋杀了瑞廉的母后，然后又诱惑瑞廉中了魔法。他们还明白，这女巫在纳尼亚王国的地下挖掘通道，打算破土而出，通过瑞廉来统治纳尼亚。瑞廉做梦也没有想到女巫让他称王的国家竟然就是他自己的祖国（当然，让他称王只是个幌子，他不过是她的傀儡罢了）。两个孩子的经历使他们明白：那女巫和哈尔方那些危险的巨人相互勾结，互为同盟。"殿下，所有这一切给我们的教训就是，"最年长的小矮人说，"那些北方的女巫们亡我之心一直不死，只不过，在不同时期、不同年代，她们的阴谋手段不同而已。"

第十六章

疗 伤

第二天醒来的时候，吉尔发现自己还在山洞里，她惊恐万分，以为自己又回到了地下世界。不过，她很快就发现自己正躺在一张石南铺成的床铺上，身上还盖着一件皮斗篷，她看见一个石头壁炉，里面新生的火苗正发出欢快的噼啪声，再远处，她看见早晨的阳光正从山洞的洞口照了进来，这情景让她的记忆回到了幸福的现实。尽管用餐时间还没有正式结束，她就昏昏欲睡了，不过他们还是享用了一顿美味晚餐。大家纷纷挤进山洞，她依稀记得小矮人们围在火炉边，手里拿着比他们的身体还要庞大的煎锅，他们享用了嘶嘶直响、美味可口的香肠，那么多，那么多的香肠。这不是塞满一半面包和黄豆的那种劣质香肠，而是香辣肥美、汁多肉厚、热气腾腾、外焦里嫩的正宗香肠。还有一大杯一大杯泡沫十足的巧克力、烤土豆和烤栗子，还有挖空心子填满葡萄干的烤苹果，吃完所有热辣辣的食物，最后上的是提神清热的雪糕。

吉尔站起身来，环顾四周。帕德格拉姆和尤斯塔斯躺在离她不远的地方，两个人正在呼呼大睡。

"嗨，你们两个！"吉尔大声喊道。"你们压根儿就不打算起床吗？"

"嘘，嘘！"她头顶上某个地方传来一个睡意矇眬的声音。"是该安静下来了。好好打个盹儿，睡吧，睡吧。别吵啦，吐呼！"

"喂，我深信不疑，"吉尔抬头一看，发现在山洞的角落里，一捆蓬松的羽毛栖息在一个落地大座钟上，"我相信那一定是格里姆非瑟！"

"没错，没错，"猫头鹰把脑袋从翅膀下面探出来，睁开一只眼睛，呼噜呼噜地说。"大约两点钟的时候，我过来给王子送了个信。是松鼠给我们带来的好消息。信送给了王子，他已经走了。你们也应该跟随他去。再会——"说完，他的脑袋又不见了。

想从猫头鹰嘴里得到更多信息似乎是没有希望了，吉尔起身，四处寻找，想看看有没有地方洗漱吃早饭。就在这时，一只小羊怪一路小跑闯进山洞，他的羊蹄在石头地面上发出啪嗒啪嗒的声音。

"啊！你终于醒啦，夏娃的女儿，"他说，"也许你应该叫醒亚当的儿子。你们马上就该出发了，两个马人正在恭候你们骑着他们去凯尔帕拉维尔。"他又低声补充了一句。"当然，你们应该明白，骑上马人是史无前例的殊荣。我根本就没听说之前有谁骑过马人。所以不能让他们久等。"

"王子在哪里?"尤斯塔斯和帕德格拉姆刚被叫醒就问。

"他已经出发到凯尔帕拉维尔去拜见他的父王了，"这只名叫跑得快的羊怪回答说。"陛下的航船随

265

时就会进港。好像还没等国王走出多远，就见到了阿斯兰——我不知道是在梦中见的还是面对面见的——阿斯兰命令国王调转船头，告诉他，到达纳尼亚的时候，他会看到失踪多年的儿子正在那里等着他呢。"

尤斯塔斯此时已经起床，他和吉尔开始帮着准备早餐。帕德格拉姆则遵命躺在床上。一个名叫克劳德博思的马人马上要来给他治脚伤。这个马人是个有名的术士，跑得快则把他叫做医师。

"啊！"帕德格拉姆用近乎心满意足的声调说，"他肯定要把我的小腿锯掉，我一点也不会感到奇怪。你们看着吧，不锯掉才怪呢。"不过，他还是兴高采烈地躺在了床上。

早餐供应的是炒鸡蛋和烤面包，尤斯塔斯狼吞虎咽地享用着美餐，好像昨天半夜里根本就没吃过那顿大餐似的。

"喂，亚当的儿子，"羊怪一边惊讶地看着尤斯塔斯的吃相，一边说。"不用这么着急。我想马人还没吃完早饭呢。"

"这么说，他们一定起得很晚，"尤斯塔斯说。"我确信，现在已经过了十点了。"

"哦，不，"跑得快说。"天还没亮，他们就起床了。"

"那他们一定是等了很长时间才开始吃早饭的，"尤斯塔斯说。

"不，他们没有等，"跑得快说。"他们一醒来就开始吃饭。"

"天呐!"尤斯塔斯说。"他们要吃很大的大餐吗?"

"哎呀，亚当的儿子，难道你不明白? 马人长着一个人胃和一个马胃。当然两个胃都要吃早饭呀。所以，他首先得喝些稀饭，吃点帕文德鱼片、腰子、熏猪肉、煎蛋饼、冷盘火腿、烤面包、果酱，然后再喝点咖啡和啤酒。之后，他又得按照马的胃口吃上一个小时的草，最后再喝点热的麦芽浆和燕麦粥，外加一袋糖。邀请马人度周末是件极其严肃的事情，其原因就在这里。"

就在这时，洞口传来马蹄敲击岩石的声音，两个孩子抬头望去。只见两个马人，正站在那里等候他们。一匹长着黑色鬃须，另一匹则长着金色鬃须，鬃须在他们赤裸的胸前飘动。两个马人微微低下脑袋向山洞里面张望。两个孩子变得彬彬有礼，迅速吃完了早餐。看见马人的人不会觉得他们滑稽古怪，他们是神圣庄严的生灵，充满了从星星那里学来的古代智慧。他们不以物喜，不以己悲，不过，一旦发怒，他们会像海啸一样极其可怕。

　　"再见，亲爱的帕德格拉姆，"吉尔走到沼泽怪的床边，说。"对不起，我们把你叫做扫兴鬼。"

　　"我也向你说声抱歉，"尤斯塔斯说。"你是世界上最好的朋友。"

　　"我真心希望我们还可以再见面，"吉尔补充说。

　　"我想，几乎没有这样的机会了，"帕德格拉姆回答说。"我估计我也不可能回到自己的老棚屋了。还有那个王子——小伙子人倒是不错——但是你们觉得他的身体强壮吗？地下囚禁生活毁了他的体格，这一点我毫不怀疑。看上去随时都有可能命丧黄泉。"

"帕德格拉姆！"吉尔说。"你就喜欢胡说八道。你听上去像参加葬礼一样伤心欲绝，可是我相信你心里高兴着呐。你说话的时候好像瞻前顾后、畏首畏尾，实际上你勇敢得像头狮子。"

"好啊，既然说到葬礼，"帕德格拉姆开始说话，吉尔听到马人正在身后跺着马蹄，就出乎意料地走上前去，猛地伸出双臂搂住帕德格拉姆细长的脖子，亲了亲他泥土色的脸庞，尤斯塔斯则紧紧地握了握他的手。然后两个人就冲向马人，沼泽怪倒在床上，自言自语地说，"得，我做梦也没想到她会来这么一招。即使我是个相貌堂堂的家伙。"

毫无疑问，骑上马人是个无上的荣誉，除了吉尔和尤斯塔斯，今天在世的恐怕没有人有过这样的机会。不过，享受这个荣誉并不舒服自在。没有哪个尊重生命的人愿意在马人身上放个马鞍，而骑在裸马背上一点儿也不好玩，如果你像尤斯塔斯那样没学过骑马术，情况就更加糟糕。马人神色肃穆，举止优雅，像成年人一样彬彬有礼。慢步穿过纳尼亚的树林时，马人头也不回就开口说话了，他们给孩子们讲述药草和根茎的特性，解释行星的星力，分析阿斯兰九个名字的含义，传授他们诸如此类的各种知识。两人一路颠簸，疼痛难忍，然而，无论多痛多颠，他们此时却愿意不惜一切代价再来一遍：去看看那些林中空地，看看铺满积雪的山坡，与兔子、松鼠、鸟儿们不期而遇，听他们向你道早安，再次呼吸纳尼亚的空气，聆听纳尼亚树木的声音。

他们来到一条小河边，流动的河水在冬日阳光的照射下发出亮闪闪、蓝晶晶的光芒。在最后一座桥的下面，一个渡船夫划着一艘平底大驳船把他们送到了对岸；更确切地说，渡他们过河的那个船夫应该叫做渡船怪，因为在纳尼亚，大部分拖泥带水、臭鱼烂虾的工作都是由渡船怪们完成的。过河以后，他们沿着南岸一路奔跑，不久就来到了凯尔帕拉维尔。就在他们到达的那一刻，他们看见了一条色彩鲜艳的大船，像一只大鸟在河面上滑行，这就是他们第一次来到纳尼亚时看到的那艘大船。满朝文武又一次聚集在城堡和码头之间的绿地上欢迎凯斯宾国王再次归来。瑞廉王子已经脱去了黑色外衣，银色的铠甲上罩了一件红色斗篷。他没戴帽子，靠在水边迎接父王的到来，小矮人特拉普金乘坐着小驴车紧靠在他的身边。

两个孩子知道，他们不大可能穿过人群走到王子身边，至少，他们此时有点害怕从这么密集的人群横穿而过。于是他们征求马人的意见，想在他们的后背上多坐一会儿，这样他们的视线就不会被前面的大臣阻挡了。马人答应了他们的请求。

一阵响亮的喇叭声从水面传到了甲板上，水手们扔出一条绳索，能言鼠和沼泽怪使劲把绳索拽向岸边，这样船就乖乖地靠了岸。那些隐藏在人群中的乐师们开始演奏庄严肃穆的凯旋曲。不久，国王的大型帆船就横靠在彩船旁边，能言鼠放下了跳板。

吉尔期望看到老国王从船上走下跳板。不过情况好像有点变数。一位官员脸色苍白地上了岸，跪在王子和特拉普金面前。三个人交头接耳谈了一会儿，不过谁也听不到他们谈话的内容。音乐还在继续，不过你能感觉到大家开始变得心神不宁。接着，四个骑士出现在甲板上，他们肩扛着什么东西，缓缓地走了下来。等他们走下甲板时，你才看得见他们抬的是什么东西：原来是一张床，床上躺着老国王，他脸色苍白，一动不动。他们把他放到地上。王子跪在他身边拥抱他。他们看见凯斯宾国王抬起手祝福他的儿子。所有的人都欢呼起来，不过这欢呼有点无精打采，因为大家都感觉到大事不妙。这时候，国王的脑袋突然向后倒在了枕头上，乐师们停止了演奏，四周寂静无声。王子跪在国王床边，脑袋俯在床上，哭泣起来。

只见人群交头接耳，低声细语，来回走动。吉尔注意到，所有戴帽子的，无论是无边帽、头盔，还是兜帽，都摘下了帽子——连尤斯塔斯也不例外。接着她又听到城堡上空响起一阵瑟瑟声；她抬眼一看，只见那面印有金色狮子的大旗正在降为半旗。然后，音乐又一次缓慢而无情地响起，弦乐在哀嚎，号角在鸣咽，这次演奏的都是令人心碎的曲调。

趁着马人没注意，两个孩子从他们的背上溜了下来。

"真希望我是在家里，"吉尔说道。

尤斯塔斯点了点头，他咬着嘴唇，沉默不语。

"我来了，"身后传来一个低沉的声音。他们回转身去，看到了狮王本人，那么光鲜明亮，那么栩栩如生，那么威武强壮。与他相比，周围的一切顿时变得那么苍白无力。顷刻之间，吉尔忘记了纳尼亚病逝的国王，只记得她如何将尤斯塔斯推下悬崖，又如何错失了一个个的暗号，还记得他们彼此间一次次的口角和争吵。

她想说一声"对不起"，但是却怎么也开不了口。狮王用眼神示意他们靠近自己，他俯下身来，用舌头舔了舔他们苍白的脸蛋，说：

"再也不要想这件事情了。我不会责怪你们的。你们已经完成了我派遣你们去纳尼亚的使命。"

"请问阿斯兰，"吉尔说，"我们现在可以回去了吗？"

"可以。我来就是要送你们回家，"阿斯兰说完，就开始张大嘴巴，吹起气来。不过，这一次，他们一点儿也没有在空中飞翔的感觉，相反，他们似乎一动不动地站在原地，阿斯兰粗野的口气吹走了那艘大船，吹走了病逝的国王，吹走了城堡、积雪和冬日的天空。这一切像一团团的云烟在空中飘浮，突然之间，他们站在了一片仲夏明亮的阳光下，脚下是光滑的草地，四周是高大的树木，身边是一条美丽清澈的小溪。

此时，他们发现自己又一次来到了阿斯兰的那座山上，这座高高耸立的大山位于纳尼亚王国的尽头。奇怪的是，凯斯宾国王的哀乐声还在耳畔奏响，只是没人知道那音乐来自何方。狮王带着他们在河边行走：不知道是因为狮王的形象太过美丽，还是因为那音乐太过悲伤，吉尔不由得热泪盈眶。

后来，阿斯兰停下了脚步，两个孩子凝视着那条小溪。只见小溪河床的金色沙砾上，躺着已故的国王凯斯宾，溪水像液体玻璃似的从他身上流过。他长长的花白胡子像水蕴草一样在水中摆动。三个人都站在那里哭了，就连狮王也哭了。如果说狮子的每滴眼泪都是纯粹的钻石，那么伟大狮王的眼泪就比整个地球还要珍贵。吉尔发现，尤斯塔斯既不像孩子那样哭哭啼啼，也不像男生那样抽抽噎噎、遮遮掩掩，他像一个成年人那样哭泣着。至少，这是她最感性的理解；不过事实上，正如她自己所言，在那座山上，人们似乎没有什么具体的年龄。

"亚当的儿子，"阿斯兰说。"走进那堆灌木丛，找一根荆棘带给我。"

尤斯塔斯遵命行事。那根荆棘有一英尺长，像剑一样尖利。

"把荆棘刺进我的爪子里，亚当的儿子，"阿斯兰一边说，一边抬起他的右前爪，把爪子下面的大肉垫子伸向尤斯塔斯。

"我必须刺吗?"尤斯塔斯问道。

"是的，"阿斯兰回答说。

尤斯塔斯咬紧牙关把荆棘刺进了狮王的肉垫。一大滴血从肉垫里流了出来，那血红得超出你的想象，比你见到的任何红色都要鲜艳。

那滴鲜血溅入小溪，漂到了国王的尸体上。刹那间，哀乐停止了。国王的尸体开始发生变化。

他花白的胡子变得灰白，又从灰白变成黄色，胡子越变越短，最后竟然完全消失了；他凹陷的双颊变得圆润而光鲜，皱纹变得平滑，他睁开双眼，眼角和双唇都露出笑容。突然，他跳了起来，站到他们面前——这是一个非常年轻的男人，或者说就是一个男孩。不过吉尔无法判断哪种说法更准确，因为在阿斯兰的国度里，人们没有具体年龄。当然，即使在这里，最愚蠢的孩子最幼稚，最愚蠢的大人最成熟。

他冲向阿斯兰，张开双臂，竭尽全力想要搂住阿斯兰粗壮的脖子；他给了阿斯兰一个国王强壮有力的吻，阿斯兰则给了他一个狮王狂野粗犷的吻。

最后凯斯宾转过身来，对着两个孩子。他又惊又喜，哈哈大笑起来。

"嗨！尤斯塔斯！"他说。"尤斯塔斯！你到底还是到世界的尽头来啦。我那把亚军宝剑怎么样了？就是你在海蛇上刺断的那把剑？"

尤斯塔斯走上前去，伸出双手，但是又惊恐地缩了回来。

"听我说！喂，"他语无伦次地结巴着。"好倒是好。可是，你不是？——我是说你难道没有——？"

"哦，别这么傻呼呼的啦，"凯斯宾说。

"可是，"尤斯塔斯一边说，一边看着阿斯兰。"难道他没——死？"

"是啊，"狮王十分平静地说，吉尔觉得他几乎在笑着说话，"他已经死了。你们也知道，大多数人都死过。甚至我也死过。没死过的人很少很少。极少有人没有死过。"

"哦，"凯斯宾说。"我明白你为什么心神不宁了。你觉得我是个幽灵，或者是什么妖魔鬼怪。可是，你难道不明白吗？如果我此刻出现在纳尼亚，那我就是幽灵，因为我已经不再属于那里了。不过我们不可能在自己的国家里作幽灵啊。如果我去了你们的世界，我就可能是幽灵。我不知道。不过我猜想那个世界也不是你们的，因为你们现在在这里。"

巨大的希望在两个孩子的心中升起。不料阿斯兰却摇了摇他蓬松的脑袋。"不，我亲爱的孩子们，"他说。"下次再在这里遇见我的时候，你们就可以在这里扎根了。不过，现在还不行。你们暂时还得回到自己的世界里去。"

"大人，"凯斯宾说，"我一直想着要去看一眼他们的世界。难道这错了吗？"

"既然你已经死了，我的儿子，你就不能提出任何非分之想了，"阿斯兰说。"你可以看看他们的世界——按他们的计时标准，你只有五分钟时间。要把那里的事情纠正过来不需要多长时间。"

阿斯兰接着向凯斯宾解释了吉尔和尤斯塔斯要回去的具体地点，还介绍了实验学校的所有情况：他似乎和两个孩子一样，对那里的事情了如指掌。

"女儿，"阿斯兰对吉尔说，"去那根灌木上采一根软树枝。"吉尔照做了；枝条刚到她的手里就变成了一根漂亮的新马鞭。

"好了，亚当的儿子，拔出你的宝剑，"阿斯兰说。"不过，你只能用剑的背面，因为这次派你对付的是懦夫和孩子。"

"你和我们一起去吗，阿斯兰？"吉尔问。

"他们只能看到我的背部，"阿斯兰说。

他带领他们快速穿过树林，没走几步，实验学校的外墙就出现在他们眼前。阿斯兰大吼一声，天上的太阳为之一抖，眼前的墙壁顿时倒掉了三十英尺。他们从断墙处向里望去，看到学校的灌木丛，看见体育馆的屋顶，一切都笼罩在阴郁的秋日的天空下，和他们历险之前一模一样。阿斯兰转向吉尔和尤斯塔斯，对着他们吹了口气，用舌头舔舔他们的前额。接着，他躺在自己震倒的断墙上，金色的后背对着英格兰，高傲的脸庞面对着自己的国家。与此同时，吉尔看见几个十分熟悉的身影正穿过月桂树朝他们跑来。那伙人大部分都来了：阿德拉·佩妮法瑟，乔孟德利梅杰，伊迪斯，温特布劳特，雀斑索雷尔，大个子班尼斯特，还有讨厌的孪生兄弟加勒特。但是，这些人突然间都停住了脚步。他们的脸色也变了，所有卑鄙吝啬、骄傲自负、残忍刻薄、鬼鬼祟祟的神情都不复存在，只有恐惧写在他们的脸上。因为他们看见了那堵断墙，看见那只小象般大小的狮子躺在豁口处，还看见三个身穿华丽衣服的身影手握武器飞速冲向他们。因为有了阿斯兰赋予他们的力量，吉尔用马鞭不停抽打着那几个女孩，凯斯宾和尤斯塔斯则使劲挥舞着宝剑，用剑背对付几个男孩子，他们的剑术太高明了，不到两分钟那些小恶霸发疯似的四处逃跑，一边跑一边大声叫喊："杀人了！法西斯！狮子！不公平！"听到喊声，校长（顺便说说，校长是个女的）跑出来看出了什么事。看到狮子、断墙、凯斯宾、吉尔和尤斯塔斯（她根本就没认出他们），她极其愤怒，回到房间就给警察打电话，说什么一头狮子逃出了马戏团，越狱逃犯砸倒了学校围墙，还带着出鞘的宝剑等等等等。

趁着混乱，吉尔和尤斯塔斯悄悄溜进大门，把色彩鲜艳的衣服换成平日的普通衣服，凯斯宾也回到了自己的世界。那堵断墙在阿斯兰的意旨下恢复了原状。警察到达现场，没有发现什么狮子，也没有发现什么断墙，更没有发现什么逃犯。校长像疯子一样手足无措，警察就此事展开了深入的调查。实验学校的种种问题在调查中一一暴露，大约有十个学生被开除。从那以后，校长的朋友发现这家伙毫无用处，就让她改行做了巡查员去监督其他校长。后来他们发现她连巡查员也不能胜任，就让她做了国会议员，自此以后，她才过上了幸福、快乐的生活。

一天夜里，尤斯塔斯悄悄地把那件漂亮的衣服掩埋在学校里，吉尔则偷偷把自己的衣服带回了家，每逢节假日，她会穿着这衣服去参加化妆舞会。从那以后，实验学校的境况有了很大改观，学校变得越来越好。吉尔和尤斯塔斯一直都是好朋友。

而在遥远的纳尼亚，瑞廉王子埋葬了他的父王，航海家凯斯宾十世，并为他哀悼。他善于治理国家，纳尼亚在他统治的时代里，人民过着幸福快乐的日子。但是，帕德格拉姆却常常说，天有不测风云，好事不会长久。

山坡上那个洞口依然敞开着，炎热的夏日里，纳尼亚人常常会举着灯笼，驾船前往那里，在水面上来回航行，在凉爽、黑暗的地下海洋上欢歌，彼此讲述着地下深处那些城市的故事。如果你有幸亲自去纳尼亚王国，可别忘了去看看那些洞穴哟。

欲知后事

请看第七部《最后一战》→＞＞＞

图书在版编目(CIP)数据

银椅/(英)刘易斯(Lewis,C. S.)著;冯瑞贞译.
上海:上海译文出版社,2014.6(2016.4重印)
(纳尼亚传奇)
书名原文:The Silver Chair
ISBN 978 - 7 - 5327 - 6517 - 1

Ⅰ.①银… Ⅱ.①刘…②冯… Ⅲ.①儿童文学—中
篇小说—英国—现代 Ⅳ.①I561.84

中国版本图书馆CIP数据核字(2014)第034502号

C. S. Lewis
The Silver Chair

银椅

〔英〕C・S・刘易斯/著 冯瑞贞/译
责任编辑/宋玲 装帧设计/张志全工作室 翻译统筹/刘荣跃 廖国强

上海世纪出版股份有限公司
译文出版社出版
网址:www.yiwen.com.cn
上海世纪出版股份有限公司发行中心发行
200001 上海福建中路193号 www.ewen.co
浙江新华数码印务有限公司印刷

开本787×1092 1/32 印张9 插页5 字数97,000
2014年6月第1版 2016年4月第2次印刷
印数:6,001—9,000册

ISBN 978 - 7 - 5327 - 6517 - 1/I・3893
定价:29.00元